KB078051

바람의 마스터 3

임영기 장편 소설

초판 1쇄 찍은 날 § 2015년 10월 20일
초판 1쇄 펴낸 날 § 2015년 10월 28일

지은이 § 임영기
펴낸이 § 서경석

편집책임 § 박가연

펴낸곳 § 도서출판 청어람
등록번호 § 제387-1999-000006호
등록일자 § 1999. 5. 31
어람번호 § 제1-2265호

주소 § 경기도 부천시 원미구 부일로 483번길 40 서경B/D 3F (우) 14640
전화 § 032-656-4452 팩스 § 032-656-4453
http://www.chungeoram.com
E-mail §chungeorambook@daum.net

© 임영기, 2015

ISBN 979-11-04-90477-6 04810
ISBN 979-11-04-90417-2 (세트)

FUSION FANTASTIC STORY

3

임영기 장편소설

바람의 마스터

Wind Master

도서출판 청어람

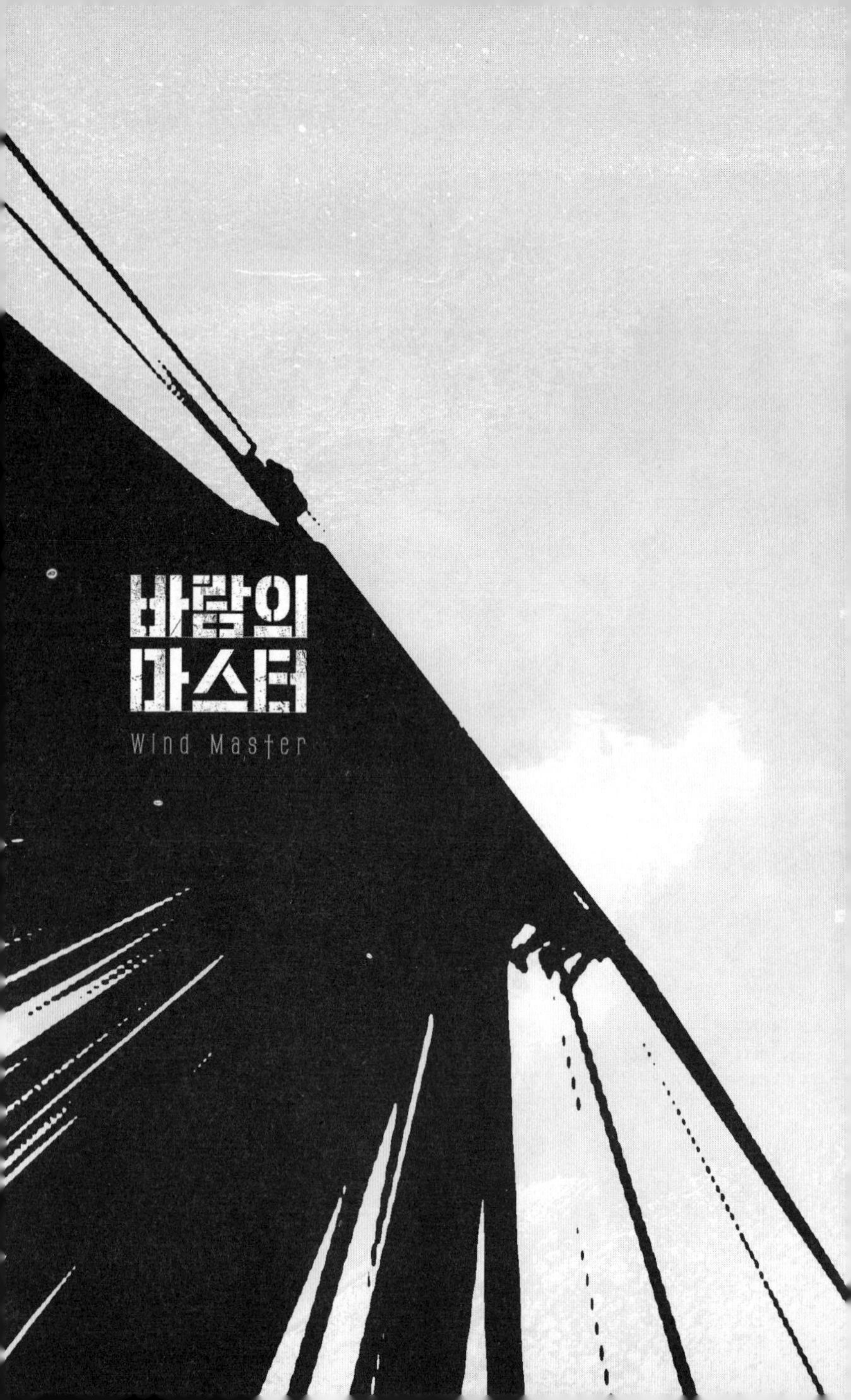
바람의
마스터
Wind Master

CONTENTS

제13장
베이징세계육상선수권대회

세계3대스포츠축제는 월드컵과 올림픽, 세계육상선수권대회다.

2015년 제15회 세계육상선수권대회가 열리는 중국 베이징 궈자티위창(國家體育場)종합경기장.

첫날인 8월 22일 아침 7시 35분에 남자 마라톤 출발을 신호로 베이징세계육상선수권대회가 시작된다.

심윤복 감독이 태수를 마라톤과 5,000m에 이어서 10,000m까지 출전시키고 싶다던 생각은 공염불이 됐다.

베이징세계육상선수권대회 첫날 아침에 남자 마라톤이 펼

처지고 저녁에 10,000m가 있기 때문이다.

대표팀에 합류한 이후에 경기 일정표를 받아 보고 나서 심윤복 감독은 조금 실망했다.

같은 날 마라톤과 10,000m 경기가 함께 벌어지지 않는다면 태수가 10,000m에 출전해서 어쩌면 최소한 동메달 하나쯤은 따줄지도 모른다고 기대했었기 때문이다.

그렇지만 이런 상황이라면 태수가 로봇이 아닌 이상 아침에 마라톤 풀코스를 뛰고 나서 저녁에 10,000m에 출전할 수는 없는 노릇이다.

아침 6시 30분.

귀자티위창종합경기장 트랙에는 마라톤에 출전하는 남자 선수 70여 명이 몸을 풀고 있다.

이날 마라톤에 출전한 선수들의 면면은 너무 화려했다.

그래서 심윤복 감독은 어쩌면 태수가 입상권, 즉 동메달조차 따지 못할지도 모른다는 생각을 처음 하게 되었다.

누가 출전하는지에 대해서는 이미 알고는 있었지만 자료를 보는 것하고 막상 경기장에서 그들을 직접 보는 느낌은 천양지차였다.

매번 대회에 임할 때마다 느끼는 기분이지만 지금 세계적으로 내로라하는 선수들을 보면서 심윤복 감독은 잔뜩 주눅이 들었다.

예전에는 이런 메이저 대회에 감독으로 나와본 적조차 없었거니와, 아시아 지역의 경기에서도 그가 이끌었던 선수들이 너무 초라해서 출전하기만 하면 어깨가 축 처졌었다.

그러고는 곧바로 예선 탈락의 고배를 마셨었다.

'예전하고는 다르다. 지금은 태수가 있지 않은가.'

그는 스스로를, 그리고 태수를 위로하느라 바빴다.

"태수야, 절대 기죽지 마라."

심윤복 감독은 자기가 기죽었으면서도 느긋한 마음의 태수더러 기죽지 말라고 몇 번이나 당부하고 있는지 모른다.

제 딴에는 강심장이라고 자부하는 심윤복 감독이 기가 질릴 정도의 세계적 선수들이 대거 참가했다.

참가 선수들의 면면을 보자면 이렇다.

우선 지난 14회 2013년 모스크바세계육상선수권대회 마라톤 우승자 우간다의 스티븐 키프로티치가 참가했다.

스티븐 키프로티치는 2012년 런던올림픽 마라톤에서 2시간 8분 01초로 우승했었다.

172㎝ 56kg의 잘빠진 체구인 그의 개인 최고기록은 2011년에 세운 2시간 7분 20초다.

두 번째 소개할 선수는 거물이다.

작년 2014년 제38회 파리마라톤대회에서 2시간 5분 3초의 기록으로 우승한 중장거리 황제 케네니사 베켈레다.

베켈레는 원래 5,000m와 10,000m가 주종목이었으나 나이가 들어 스피드 종목에서 물러나 마라톤으로 옮겼다.

세 번째로 베켈레와 같은 에티오피아인으로 돌풍을 일으키고 있는 작은 거인 체가예 케베데도 참가해서 취재진의 카메라플래시를 집중적으로 받고 있다.

키 158cm에 몸무게 50kg인 케베데는 23살이던 2010년 런던마라톤에서 2시간 5분 19초로 돌풍을 일으키며 우승했다.

그리고 케베데는 2년 후 세계6대메이저대회 중 하나인 시카고마라톤에서 종전 기록을 43초 앞당긴 2시간 4분 38초로 우승을 차지했었다.

우승을 노리는 에티오피아 선수가 한 명 더 있다.

금년 2015년 역시 세계6대메이저대회 중 하나인 보스턴마라톤에서 2시간 9분 17초로 우승한 렐리사 데시사도 이번 대회 강력한 우승후보로 꼽힌다.

그뿐인가. 세계6대메이저대회인 도쿄마라톤에서 올해 2시간 6분으로 우승한 에티오피아의 엔데쇼 네게세도 있다.

에티오피아와 더불어서 마라톤의 양대 산맥인 케냐의 내로라하는 정상급 선수도 이번 대회에 출사표를 던졌다.

대표적인 선수는 2011년 제 13회 대구세계육상선수권대회 마라톤에서 2시간 7분 38초로 우승한 아벨 키루이다.

케냐 선수가 2명 더 있지만 그다지 화려한 경력은 없다.

그 외에 태수하고 인연이 많은 일본의 이마이 마사토와 뻐드렁니 니시무라 신지도 참가했다.

일본 내의 여론에 의하면, 일본 국민들은 일본 선수들이 대회에서 좋은 성적을 거두는 것도 좋지만 그보다 한태수를 이겨서 꼭 북해도마라톤대회에서의 한과 일본 마라톤의 수치를 설욕해 주기를 바란다는 것이다.

그뿐 아니라 유럽과 북미, 남미의 간판급 선수들도 대거 참가했다.

IAAF(세계육상연맹)의 규정에 의하면 올림픽과 세계육상선수권대회 마라톤에 참가하는 남자 선수는 2시간 15분 안의 기록이어야 한다.

그것이 남자 선수 A의 규정이라면 남자 선수 B의 규정도 있는데 2시간 18분이다.

대부분의 국가는 A의 규정에 맞는 선수를 출전시키지만 그런 선수가 없거나 부족하면 B의 규정에 맞는 선수를 출전시키기도 한다.

마라톤은 기록 경기다. 그래서 출전 선수 중에서 기록을 따져서 배번호를 받는다.

이번에 참가한 선수 중에서 기록 순위는 케베데와 베켈레에 이어서 태수가 3위다.

그래서 태수는 이번 대회에 배번호 '3'번을 받았다.

하지만 기록이 좋은 선수가 우승하는 경우는 거의 없다. 마라톤에는 언제나 변수가 도사리고 있기 때문이다.

"태수야, 주열아. 몸 풀어라."

심윤복 감독은 스트레칭을 마치고 서 있는 태수와 손주열에게 말하고는 주위를 둘러보았다.

"감독님, 그만 좀 두리번거려요."

잔뜩 주눅이 든 심윤복 감독에게 민영이 눈을 흘겼다.

민영은 대한민국 국가대표 선수 지원팀의 일원으로 트랙에 들어올 수 있었다.

세계적 걸그룹 아프로디테의 보컬 민영이 선수지원요원 신분으로 이번 대회에 참가했다는 사실이 알려지자 정작 선수들보다는 그녀가 더 많은 취재진을 몰고 다니는 진풍경이 벌어지고 있다.

태수와 손주열은 나란히 트랙을 따라 천천히 조깅하면서 몸을 풀었다.

마라톤 출발 전에 몸을 푸는 것은 필수다.

자동차가 시동을 켜고 나서 예열을 하듯이 인체도 몸을 풀어서 어느 정도 체온을 높여놔야 출발한 뒤 제 실력을 십분 발휘할 수 있다.

이번 대회 마라톤 참가 선수 74명 중에서 한국 선수는 태수와 손주열, 그리고 국가대표 황준석 3명이다.

황준석의 최고기록은 2시간 15분대로 손주열의 2시간 10분보다 5분이나 늦다.

황준석은 IAAF에서 정한 남자 마라톤 A의 규정에 간신히 속한 단 한 명의 국가대표다.

2시간 13분대의 안호철이 있지만 지난번 포천38선하프마라톤대회에서 태수에게 다리를 거는 반칙을 하는 바람에 징계를 받고 근신 중이다.

만약 태수와 손주열이 이번 대회에 참가하지 않았다면 다른 한 명의 한국 선수가 뛸 예정이었으나 그의 기록은 황준석보다 늦은 2시간 17분대이고 B의 규정에 속하는 이른바 후보선수다.

손주열은 왼쪽에서 조깅하고 있는 태수와 나란히 조깅하면서 진지한 표정으로 말했다.

"태수야, 다시 한 번 말하는데, 아니, 부탁하는데 이번에는 나 신경 쓰지 말고 너대로 뛰어라. 알았지?"

손주열은 태수가 호주 골드코스트대회나 북해도마라톤 때처럼 자기를 이끌어주다가 행여 이번 대회를 망칠까 봐 염려하는 것이다.

이번 대회는 골드코스트대회나 북해도마라톤대회하고는

차원이 다르다.

이런 엄청난 대회에서 태수가 손주열을 신경 쓰다가 좋지 않은 결과가 나온다면 손주열은 평생 후회와 죄스러움 속에서 살아야 할 것이다.

태수가 대답하지 않고 묵묵히 달리기만 하자 손주열은 안달이 났다.

"태수야."

태수가 진지한 얼굴로 손주열을 불렀다.

"주열아, 그럼 너 나한테 하나만 약속해라."

"뭔데?"

"35㎞까지 3분 페이스로 가라."

"35㎞?"

"갈 수 있겠지?"

손주열은 북해도마라톤대회 때 태수하고 나란히 17㎞까지 ㎞당 2분 56~57초 페이스로 달렸다.

그 결과 나중에 오버페이스가 오긴 했지만 자신의 기존 기록 2시간 11분대를 경신하고 2시간 10분 49초로 4위를 했었다.

후일담이지만, 만약 그 대회에서 태수가 이끌어주지 않았더라면 손주열은 2시간 15분대에 들어왔을 것이라고 그 자신이 고백했었다.

"내가 35㎞까지 갈 수 있을까?"

손주열이 오히려 태수에게 물었다.

"갈 수 있다. 나는 널 잘 안다. 날 믿어라."

한솥밥을 먹으면서 함께 훈련한 태수의 자신 있는 말에 손주열은 고개를 크게 끄떡였다.

"알았다. 그다음에는 어떻게 하냐?"

"나머지 7㎞는 3분 10초 페이스로 가라."

손주열의 얼굴이 밝아졌다.

"3분 페이스로 가다가 3분 10초로 가면 느긋하지."

"그러면 2시간 7분대에 골인하게 된다."

"엉?"

손주열은 깜짝 놀라 뛰는 걸 멈추고 태수를 쳐다보았다.

"야아~ 내가 그걸 어떻게 뛰냐?"

조금 전에는 할 수 있다고 말했다가 기록이 2시간 7분대라고 하니까 손주열은 겁이 더럭 났다.

2시간 7분대의 영역은 자신하고는 거리가 멀다고 여기기 때문이다.

"3분 페이스로 35㎞까지 가면 1시간 45분이야. 그다음에 7㎞를 3분 10초 페이스로 가면 22분. 합하면 2시간 7분이다. 주열이 넌 할 수 있다."

마라톤 경력은 태수가 손주열보다 형편없이 짧지만 마라톤

공부를 미친 듯이 파고들었기 때문에 지식이 풍부하다. 더구나 태수는 실력이 뒷받침된다.

"만약 못 뛰면 어쩌지?"

"목표를 35㎞ 3분 페이스로 맞춰. 그러다가 정 힘들면 34㎞나 33㎞에서 3분 10초로 바꿔서 계속 가는 거다. 어쨌든 갈 수 있는 데까지 가라. 그러면 기록이 30초나 1분 정도 늦어지겠지. 그래도 2시간 8분이다."

"2시간 8분이면 10위 안에 들 수 있을까?"

태수는 트랙에서 몸을 풀고 있는 흑인 선수들을 쳐다보면서 고개를 가로저었다.

"그건 모르겠다. 날고기는 선수들이 하도 많아서……."

"그렇겠지?"

태수는 손주열의 어깨를 두드렸다.

"그런 건 상관하지 말고 주열이 넌 기록에만 신경 써라. 이번 대회에서 넌 2시간 7분 아니면 8분이다. 알았지?"

손주열이 이번 대회에서 2시간 7~8분대의 기록으로 10위 안에 들면 그는 태수에 이어서 일약 대한민국 마라톤의 2위로 떠오르게 될 것이다.

태수는 자기만이 아니라 마라톤을 하면서 친하게 된 손주열하고 함께 도약하고 싶은 것이다.

태수의 그런 마음을 아는 손주열은 힘껏 고개를 끄떡였다.

"알았다."

그는 그윽한 표정을 지으며 태수를 쳐다보았다.

"태수 네가 없었으면 나 어쩔 뻔했냐……?"

태수는 빙그레 웃었다.

"포천38선하프마라톤 때 너의 응원과 페메가 나한테 큰 힘이 돼주었잖아."

손주열은 겸연쩍은 표정을 지었다.

"그건 아주 작은 거지만 태수 네가 나한테 해주는 건 몇 백 배나 더 커."

"하하하! 물에 빠진 사람을 작은 배가 구해주든 큰 배가 구해주든 무슨 상관이냐? 구해주면 되는 거지."

"갖다 붙이기는……."

손주열은 벙긋 웃었다. 그는 만난 지는 오래되지 않았지만 태수 같은 친구를 갖게 됐다는 사실이 자신에겐 축복이라고 생각했다.

이번 베이징세계육상선수권대회에 대한민국은 22명의 선수를 파견했다.

2년 전 모스크바대회 때 16명을 출전시킨 것보다 6명이나 많은 인원이다.

이번 대회 인원은 원래 18명으로 정해졌었는데 거기에 태수와 신나라, 우정호, 김경진 4명이 더해졌다.

현재 경기장에는 마라톤에 출전하는 태수와 손주열, 황준석 외에 심윤복 감독과 민영, 윤미소, 나순덕, 그리고 한국대표팀을 이끌고 온 단장, 총감독, 마라톤 코치 등이 나왔다.

마라톤 코치는 황준석을 담당하고 태수와 손주열은 심윤복 감독이 맡고 있다.

대한민국 대표팀에서 심윤복 감독의 임시 신분은 마라톤 수석코치다.

관중석 맨 하단 로얄석에 대한민국 대표팀 단장과 총감독이 나란히 앉아 있으며, 옆으로 좀 떨어진 곳에 신나라와 윤미소, 나순덕이 나란히 앉아 있다.

"태수야, 주열아. 이리 와라."

트랙의 30m 정도를 오가면서 몸을 풀고 있는 태수와 손주열을 심윤복 감독이 손짓을 하며 불렀다.

태수와 손주열은 10분쯤 조깅한 것으로 땀이 나기 시작했다.

베이징의 한여름 8월 한낮의 기온은 섭씨 30도를 웃돌지만 지금처럼 아침에는 섭씨 23도 정도의 적당한 날씨다.

그렇지만 일단 달리기 시작하면 체열이 올라가고 또 시간이 흐름에 따라서 기온도 올라가 한바탕 더위와 전쟁을 치러야 할 것이다.

선수들은 세계적으로 내로라하는 유명한 철각들하고 승부를 다퉈야 하는 것 말고도 한여름의 더위와 악명 높은 베이징 시내의 매연, 스모그하고도 싸워야 한다.

심윤복 감독은 태수와 손주열을 대표팀 단장과 총감독에게 데려가서 인사를 시켰다.

태수와 손주열이 나란히 서서 꾸벅 허리를 굽히자 단장과 총감독은 허허 웃으면서 최선을 다해서 좋은 성적을 거두라고 당부했다.

출발에 앞서 출발선에 74명의 선수가 모였다.

장내 아나운서가 오늘 뛰는 선수 중에서 유명한 선수를 한 명씩 소개했다.

케네니사 베켈레가 제일 먼저 소개되었다. 단단한 모습의 베켈레가 출발선 앞줄에서 미소를 지으며 손을 들어 보였다.

그 뒤를 이어서 케베데와 아벨 키루이, 스티븐 키프로티치, 엔데쇼 네게세, 렐리사 데시사 등이 두루 소개됐다.

태수는 출발선 2번째 열에 우두커니 서 있는데 장내 아나운서가 중국어와 영어로 뭐라고 계속 소개를 하고 있다.

그런데 어떤 말이 태수의 귀에 쏙 들어왔다.

"아시아 뉴 챔피언 한태수!"

자신의 이름이 불리자 태수는 움찔했다.

'나?'

그가 어정쩡하게 서 있는데 손주열이 그의 등을 슬쩍 밀어서 앞으로 나가게 했다.

태수는 조금 부끄러운 얼굴로 베켈레 옆에 서서 오른손을 들어 보였다.

그때 관중석 쪽에서 쨍 하는 외침이 들렸다.

"얼짱! 몸짱! 마라톤짱! 구리빛깔 한태수! 꺄아악!"

신나라와 윤미소, 나순덕이 목에 핏대를 세우면서 환호하는 것이다.

뒤이어 관중석에서 웃음소리가 들리자 태수는 부끄러워서 얼굴이 붉어졌다.

장내 아나운서는 태수까지 소개했다. 일본 선수들은 아무도 소개되지 않았다.

출발선 가장 앞줄에 세계적 기라성 같은 선수들과 나란히 서 있는 태수는 적잖이 긴장하여 좌우를 둘러보았다.

우연인지 왼쪽에는 베켈레가, 오른쪽엔 올해 도쿄마라톤에서 2시간 6분으로 우승한 에티오피아의 엔데쇼 네게세가 서 있었다.

눈이 마주치자 베켈레는 빙긋 미소를 지었으나 네게세는 무심한 얼굴로 고개를 돌려 버렸다.

탕!

태수가 무안하게 서 있을 때 갑자기 총성이 울리며 선수들이 파도처럼 와르르 쏟아져 나갔다.

다른 선수들은 준비를 하고 있다가 달려 나가고 있는 반면에 태수는 우두커니 서 있다가 출발 총성을 듣고 번쩍 정신이 들어 튀어 나갔다.

타타타타타—

74명의 선수가 달려 나가는 발소리가 수십 대의 드럼을 한꺼번에 두드리는 것 같다.

74명의 선수가 한꺼번에 쏟아져 나가니까 출발 직후는 매우 혼잡했다.

탁!

"앗!"

뒤늦게 정신을 차리고 힘차게 달려 나가던 태수의 어깨를 누군가 세게 쳤다.

태수가 크게 휘청거릴 때 그의 옆을 한 명의 흑인 선수가 빠르게 스쳐 지나갔다.

태수하고 키가 비슷한 흑인 선수의 유니폼이 아래는 검고 위는 붉은 것으로 미루어 케냐 선수가 분명하다.

뒤에 있던 그가 앞으로 치고 나가려다가 태수를 부딪친 것 같았다.

태수는 쓰러지지 않으려고 허우적거리면서 고꾸라지듯이

앞으로 달려 나갔다.

"태수야!"

손주열의 다급한 외침이 들렸다.

"괜찮다."

태수는 가까스로 균형을 잡고 옆에서 달리는 손주열에게 빙긋 웃어 보였다.

탁탁탁탁—

그러고는 힘차게 달리기 시작했다.

2008년 베이징올림픽 마라톤 경기는 천안문광장에서 출발하여 일명 '새둥지'로 불리는 궈자티위창종합경기장으로 골인하는 순환코스였었다.

그렇지만 이번 2015년 세계육상선수권대회 마라톤 경기는 궈자티위창을 출발하여 베이징 시내를 순환하여 다시 출발했던 곳으로 돌아오는 순환코스다.

탁탁탁탁탁—

1㎞도 가기 전에 선두가 8명으로 압축됐다.

선두그룹 뒤로 선수들이 길게 열을 지어 뒤쫓고 있는데 태수도 그중 한 명이다.

태수는 출발하여 선두그룹에 속하려고 했는데 케냐 선수가 어깨를 세게 부딪치는 바람에 균형을 잃어서 뒤로 처지게 되었다.

선두는 세 나라 선수들이 이루고 있다.

에티오피아의 베켈레와 케베데, 네게세, 데시사 4명과 케냐의 키루이, 무타베 2명.

그리고 뜻밖에도 일본 선수 이마이 마사토와 뻐드렁니 니시무라 신지가 선두그룹에 속했다.

에티오피아 선수들과 케냐 선수들은 그렇다고 쳐도 이마이와 니시무라가 초반부터 선두그룹에 속한 것은 의외다.

태수는 선두그룹 20여 미터 뒤에서 뛰고 있다. 그의 앞에는 3명의 서양 선수가 띄엄띄엄 달리고 있다.

그가 봤을 때 선두그룹은 km당 2분 55초 정도의 속도로 달리고 있다.

이번 대회에서 태수의 작전은 선두그룹하고 최소한 하프까지 같이 가고 하프에서부터 치고 나간다는 것이다.

태수는 이번이 마라톤 풀코스 4번째다. 애송이라고 할 수 있다. 그러므로 수십 번씩 풀코스 경험이 있는 세계적 선수들을 이기려면 특별한 작전이 필요하다.

선두그룹을 무조건 쫓아가거나 함께 간다고 해서 무슨 뾰족한 수가 생기는 것은 아니다.

남들, 특히 선두그룹하고 똑같이 한다면 태수는 이 대회에서 좋은 성적을 거두지 못할 것이다.

경험으로나 기록 면으로 봐서도 태수는 오늘 대회에 참가한 선수들보다 월등하지 못하다. 오히려 부족한 쪽이라고 봐야 할 것이다.

타타타탁─

태수는 속도를 조금 높여서 앞서 달리고 있는 3명의 서양선수를 차례로 추월했다.

태수는 신나라의 도움을 받아서 완성시킨 자신의 3가지 주법(走法) 중에서 두 번째로 빠른 km당 2분 50초 페이스로 치고 나가서 1분 만에 3명의 서양 선수를 모두 앞지르고 선두그룹 후미에 따라붙었다.

선두그룹이라고 해서 8명 모두 앞에서 나란히 달리고 있는 게 아니다.

선두그룹에서도 선두와 중간, 후미가 있다. 2열로 달리고 있는 그룹의 선두는 예상대로 베켈레와 케베데다.

중간에 케냐의 키루이와 무타베가 뒤따르고 그 뒤를 또 다른 에티오피아 선수 데시사와 네게세, 후미에 이마이와 니시무라가 바짝 쫓고 있다.

길쭉하게 달리면서 선두, 중간, 후미라고 하지만 사실 불과 몇 걸음 차이라서 언제든지 마음만 먹으면 추월할 수 있는 거리다.

그렇지만 아무도 추월하지 않고 그 대열을 유지했다.

후미에서 나란히 달리고 있는 이마이와 니시무라 중에서 니시무라가 등 뒤에서 나는 발걸음 소리를 듣고 슬쩍 뒤돌아보았다.

타타타탁탁―

그때 태수가 왼쪽으로 느릿하게 추월하는 걸 보고 니시무라는 미간을 찌푸렸다.

태수가 일본 선수들을 추월하고 나서 연이어 바로 앞 2명의 에티오피아 선수들까지 젖히는 걸 보고 니시무라는 참지 못하고 속도를 높였다.

타탁탁탁―

"니시무라!"

이마이가 급히 불렀으나 니시무라는 못 들은 척하면서 계속 달려 태수 왼쪽에 나란히 붙었다.

26살의 젊은 니시무라는 태수에 대한 복수심에 불타고 있는 상황에 그에게 추월까지 당하니까 순간적으로 울컥하는 감정을 조절하지 못했다.

물론 일본팀이라고 작전을 짜지 않았을 리가 없다. 사전에 철저한 작전을 짰지만 초반부터 니시무라의 감정 때문에 뿌리째 흔들리고 있다.

태수로서는 일본팀 작전까지야 알 것 없지만, 어쨌든 니시무라는 선두그룹의 2위에서 달리게 되었다.

2위는 오른쪽에서부터 케냐의 키루이와 무타베, 그리고 태수와 니시무라 4명이 나란히 달리고 있다.

태수의 바로 오른쪽에는 조금 전 출발할 때 그의 어깨를 밀쳐서 하마터면 앞으로 고꾸라질 뻔하게 만든 케냐 선수 무타베가 있다.

태수는 자기를 밀친 게 무타베가 분명하다고 생각하지만 유치하게 복수하고픈 생각은 추호도 없다.

마라톤을 하다 보면 별별 일이 다 생길 것이다. 그런 것들을 일일이 신경 쓰고 복수한다는 건 성가신 일이다. 무조건 이기면 장땡이다.

그렇지만 태수는 이런 식으로 케냐 선수와 일본 선수 사이에 샌드위치처럼 끼어서, 그리고 4명이 한꺼번에 나란히 달리는 것은 좋지 않다는 생각이다.

더구나 이렇게 달리는 건 그의 작전에 없는 일이다.

문득 태수는 조그만 작전, 아니, 잔머리를 굴렸다.

여기에서 그가 치고 나가 선두 베켈레와 케베데하고 나란히 달리면 케냐 선수들과 니시무라가 어떻게 할 것인지 궁금했다.

또한 그럴 경우에 베켈레와 케베데는 어떤 반응을 보일지도 궁금했다.

'좋아. 한번 흔들어보자.'

탁탁탁탁―

태수는 조금 속도를 높여서 4명 중에서 앞으로 쑥 나갔다.

기왕지사 내친김인지 니시무라가 쫓아왔지만 2명의 케냐 선수는 제자리를 지켰다.

태수는 흥분해 있는 니시무라를 잠깐 놀려주고 싶은 생각이 들었다.

왜 갑자기 그런 생각이 들었는지 모르지만 진드기 같은 니시무라가 싫었기 때문일 것이다.

태수가 베켈레와 케베데를 추월해서 앞으로 쑥 치고 나가니까 질세라 니시무라도 바짝 따라붙었다.

탁탁탁탁―

태수는 km당 2분 45초 페이스로 계속 달리는 것처럼 하다가 속도를 뚝 떨어뜨렸다.

베켈레, 케베데가 곧 따라오자 태수는 두 사람의 왼쪽에서 나란히 달리기 시작했다.

니시무라는 자신의 옆에서 태수가 계속 달리고 있는 줄 알고 km당 2분 45초 페이스로 몇 초 더 달리다가 자기가 혼자라는 사실을 깨닫고 당황해서 두리번거리다가 뒤에서 달려오고 있는 태수를 발견했다.

"칙쇼……"

얼굴을 찌푸리며 뭐라고 중얼거리는 소리가 태수에게까지 들렸다.

그 광경을 보고 베켈레와 케베데가 입으로 벙긋 웃었다. 비웃는 것이다.

니시무라는 어정쩡한 상황에 처했다.

계속 선두로 달리자니 자신이 없고 속도를 늦춰서 태수하고 나란히 달리려니 창피했다.

그렇지만 전자보다는 후자를 선택할 수밖에 없다. 자신도 없지만 실력도 없기 때문이다.

니시무라가 ㎞당 3분 페이스로 뚝 떨어뜨릴 때 우연인지 태수와 베켈레, 케베데 세 사람은 동시에 속도를 조금 높여서 앞으로 쭉 달려 나갔다.

탁탁탁탁탁—

선두 3명이 속도를 높이니까 두 번째 케냐 선수들도 속도를 높였고 다른 2명의 에티오피아 선수와 이마이도 질세라 케냐 선수들 뒤에 따라붙었다.

그렇지만 갑자기 속도를 확 늦춘 니시무라는 졸지에 선두그룹의 뒤로 축 처지고 말았다.

"어어……."

니시무라가 놀라는 사이에 선두그룹 전원이 10m 전방으로 쭉쭉 달려 나갔다.

놀라서 페이스가 흔들린 니시무라가 당황하고 있는 사이에 선두그룹은 20m까지 앞서갔고, 니시무라는 서양 선수 한 명에게 추월당하면서 얼굴이 노래졌다.

척척척척…….

탁탁탁탁…….

12㎞.

선두그룹이 내는 발걸음 소리가 보폭이 다르고 제각각이라서 매우 어지럽다.

이제 선두그룹은 7명으로 정리된 상황이다.

타원형을 이루며 달리고 있는데 맨 앞에 베켈레와 키루이가 선두고, 2m 뒤에서 태수와 케베데, 데시사, 네게세, 그리고 태수의 어깨를 밀쳤던 무타베 5명이 거의 나란히 횡대로 달리고 있다.

이들 7명의 속도는 ㎞당 3분 2초다. 초반에 비해서 ㎞당 7초 정도 떨어진 속도다.

이 속도로 계속 가면 앞서 3㎞까지 ㎞당 2분 55초 페이스로 달렸기 때문에 2시간 7분 후반에서 2시간 8분 초반에 골인하게 될 것이다.

태수의 짐작으론 이들 중에 몇 명이 레이스 후반에 스퍼트를 할 테고, 그러면 2시간 6분대로 골인할 수 있다.

단, 이들 7명이 지금 속도 ㎞당 3분 2초 페이스로 계속 가 준다면 가능한 일이다.

마라톤에서 변수는 언제나 존재하지만 그중에서도 오늘 같은 날의 가장 큰 변수는 역시 베이징의 지독한 매연과 더운 날씨다.

태수가 손목에 차고 있는 시계는 현재 기온이 섭씨 28도라고 나타냈다.

12㎞ 이상 달렸기 때문에 체열이 올라 체감온도는 섭씨 40도를 웃돈다.

그런데 그보다 더 큰 문제는 매연이다. 베이징 시내 전체에 뿌연 스모그가 정체된 채 떠돌고 있다.

그 때문에 태수는 벌써 목이 칼칼하다. 그로 인해서 숨이 더 가쁘고 호흡곤란을 느꼈다.

그렇다고 헐떡거리는 것은 아니고 달리는 데 지장을 초래하진 않는 것 같다.

매연이나 무더운 날씨는 갑자기 문제를 일으키지 않을 테지만 천천히 몸에 압박을 가해서 달리는 속도를 저하시킬 것이다.

그렇다고 해서 선두그룹 7명 중에서 거친 숨소리를 내는 사람은 아무도 없다.

또 한 가지가 있다. 베이징 시내 아스팔트가 형편없다는 사실이다.

도로 여기저기가 마구 패였으며 돌출된 곳도 있고 특히 흙이나 모래가 많이 깔려 있어서 자칫하면 미끄러질 수도 있는 상황이다.

마라톤대회로는 최악의 코스다. 그렇지만 그것은 태수 혼자만 겪는 게 아니라 그런 상황이 74명 선수 모두에게 공평하게 주어졌다는 사실이 그나마 위로가 된다.

태수는 주로를 달리면서 뒤돌아보지 않는 성격이라서 이마이 마사토와 니시무라 신지가 얼마나 뒤처져서 따라오고 있는지 모른다.

그렇지만 일본 선수들에 대해서는 알고 싶지도 않고 알아야 할 이유도 없다. 태수에게 당면한 라이벌들은 같은 선두그룹의 6명이다.

태수의 2m 앞에서 달리고 있는 베켈레와 케베데는 조금도 지친 기색이 없으며, 태수의 좌우에서 나란히 달리는 4명도 마찬가지다.

하긴, 이제 12㎞를 달렸는데 벌써 지친 기색을 보인다는 것은 몸에 문제가 있다는 뜻이다.

태수는 조금 전부터 심윤복 감독이 누누이 했던 말을 계속 떠올리고 있다.

"태수야. 에티오피아와 케냐 선수들은 러너스 하이나 마의 벽이 없다고 봐야 한다. 그들도 인간이라서 분명히 그런 걸 느끼겠지만 조금도 내색하지 않고 또 그것 때문에 레이스에 영향을 받지 않는다. 그들이 마의 벽 때 취하는 선택은 두 가지다. 계속 달리거나 아니면 중도에 포기하는 거다."

태수는 러너스 하이에 빠지거나 마의 벽에 부닥치면 즉시 뚜렷하게 증세가 나타난다.

심윤복 감독이 괜히 우스갯소리로 그런 말을 하는 것은 아닐 거다.

에티오피아와 케냐 선수들의 자료를 면밀하게 조사, 분석해 보고 나온 결과일 테니까 태수는 그것을 토대로 작전을 세워야만 한다.

'결정해야 한다.'

태수는 벌써 여러 번 입속으로 그 말을 되풀이하고 있다.

심윤복 감독의 분석과 태수가 조사한 자료에 의하면 에티오피아와 케냐 선수들은 후반에 강하다.

지금 그들이 보여주고 있는 매연과 더운 날씨 속에서의 km당 3분 2초 페이스는 기본 실력이고 후반에 더 강하다는 얘기다.

반면에 태수가 지난 3번의 마라톤에서 보여준 결과는 후반에 약하다는 사실이다.

경험과 훈련 부족 때문일 것이다. 그리고 지형학적인 영향도 있을 터이다.

에티오피아와 케냐는 고산지대이므로 선천적으로 폐활량이 크고 심장이 튼튼하다. 거기에 비하면 대한민국은 그저 평평한 지형이다.

'결정해야 하는데⋯⋯.'

태수는 고민을 거듭했다.

에티오피아와 케냐 선수들은 후반에 강하므로 분명히 35km나 그 이후에서 최소한 km당 2분 50초 이상의 페이스로 치고 나갈 것이다.

태수가 거기에 대비하려면 지금쯤 치고 나가서 충분한 거리를 벌어놔야만 한다.

태수는 풀코스를 뛰면서 러너스 하이와 마의 벽에 부닥치지 않은 적이 한 번도 없었다.

그러니까 거기에 대비하면서 동시에 후반에 약하다는 점을 커버하려면 중간에 확실하게 거리와 시간을 벌어둬야만 하는 것이다.

그때 문득 태수는 앞서 달리고 있는 베켈레와 케베데가 자기하고 뛰는 스타일이, 아니, 아스팔트를 딛는 착지가 다르다는 사실을 발견했다.

태수는 발뒤꿈치와 중간으로 거의 동시에 착지를 하고 발바닥으로 아스팔트를 쓰다듬듯이 굴리면서 발가락으로 지면을 차고 나간다.

그런데 베켈레와 케베데는 발바닥의 앞부분으로 아스팔트를 디디면서 동시에 차고 나가는 모습이다.

'뭔가 저건?'

심윤복 감독과 윤미소가 자료라면서 에티오피아와 케냐 선수들이 세계적 마라톤대회에서 달리는 동영상들을 지겹도록 많이 구해줘서 태수는 밤을 새워가면서 눈알이 빠지도록 봤었다.

그때는 그들의 달리는 폼과 스트라이드, 팔을 흔드는 각도, 언제 어떤 상황에서 스피드를 올리는지, 주법이 얼마나 유유한지 등등만 눈여겨봤었지 발바닥이 어떻게 지면에 착지하는지에 대해서는 신경을 쓰지 않았었다.

사실 마라톤 감독이나 코치뿐만 아니라 마라톤을 좀 뛰어봤다는 사람들치고 에티오피아와 케냐 선수들의 착지법이 일반 선수들하고 확연하게 다르다는 사실을 모르는 사람은 한 명도 없을 것이다.

또한 그들의 착지법이 발뒤꿈치 착지법보다도 월등하다는 사실도 잘 알려져 있다.

이유는 간단하다. 앞발 착지는 브레이크가 걸리지 않는다.

발바닥 전체가 바닥에 닿는 것 같지만 자세히 살펴보면 체중의 70% 이상이 앞발에 실려서 바닥에 닿았다가 점프하듯이 떨어진다.

반면에 발뒤꿈치 착지는 번거롭게도 반드시 3단계를 거쳐야만 한다.

우선 발뒤꿈치가 바닥에 닿고 그다음에 누르듯이 발바닥 중심, 그리고 마지막으로 발 앞부분과 발가락이다.

발뒤꿈치로 착지하고 앞발로 차고 나가면 좋은데 반드시 발 중간 부위를 땅에 디뎌야 한다. 그리고 불행하게도 이 부분에서 브레이크가 걸린다.

자동차로 비유하자면 주행 중에 한 바퀴 구를 때마다 브레이크가 자동적으로 걸리는 것과 같다.

그러니까 바퀴가 한 번 구를 때마다 액셀러레이터를 한 번 더 밟아줘야 하니까 연료 소비가 크고 효율은 떨어진다.

반면에 에티오피아와 케냐 선수들은 브레이크 없이 바퀴가 잘도 구른다.

그것은 자꾸만 액셀러레이터를 밟을 필요가 없으니까 연료 소비는 적고 효율은 높은 것이다.

사람들은 앞발 착지가 훨씬 탁월하다는 사실을 너무도 잘 알고 있다.

그러면서도 고치지 못한다. 태어나서 지금까지 달리면서 줄곧 발뒤꿈치 착지를 해왔는데 어느 날 갑자기 앞발 착지가 좋다고 해서 갑자기 그런 식으로 달리거나 그걸 훈련하려 든다면 발바닥에서부터 발목, 종아리, 무릎, 허벅지, 허리, 그 외에도 온몸의 조직들이 빠르게 붕괴하고 말 것이다.

평생 발뒤꿈치로 달렸던 사람이 굳이 어려운 결정을 내려서 앞발 착지를 훈련한다면 까짓것 못할 것도 없다.

하지만 발뒤꿈치 착지로 굳어진 온몸 뼈마디의 와해와 에너지 소비의 언밸런스, 그리고 드디어 앞발 착지를 익혔다고 해도 예전 발뒤꿈치 착지 때보다 좋은 기록이 나오지는 않을 것이라는 점은 감수해야만 한다.

'저들은 브레이크가 없다.'

태수는 아무도 말해주지 않았던 사실을 자신의 눈으로 직접 보고서 깨달았다.

그리고 앞발 착지를 지금 당장 써먹을 수 없다는 사실도 깨달았다.

한 가지 다행한 것은, 태수는 발뒤꿈치 착지가 아니라 발뒤꿈치와 발바닥 중간이 동시에 바닥에 닿는다는 사실이다. 그래서 브레이크가 걸리긴 하지만 아주 약한 편이다.

태수의 시야에 13㎞ 팻말이 들어왔고, 선도차의 전자시계는 39분 9초를 가리켰다.

㎞당 3분 1초 페이스이며 시속 19㎞/h 의 속도다.

태수의 능력으로는 ㎞당 2분 45초 페이스로 25㎞까지 갈 수 있다.

일전에 그는 포천38선하프마라톤에서 57분 44초의 기록으로 하프마라톤 세계기록을 갈아치웠었다.

그 당시 ㎞당 페이스가 2분 44초였다.

골인하고 나서 기진맥진했었지만 그때 이후 꾸준한 맹훈련 덕분에 현재는 ㎞당 2분 44~45초 페이스로 25㎞까지 갈 수 있는 몸을 만들었다.

아마도 지금 하프마라톤을 다시 뛴다면 태수는 자신의 세계기록을 또다시 경신할지도 모른다.

지금까지 13㎞를 ㎞당 3분 1초 이븐 페이스로 달려왔기 때문에 어느 정도 에너지 소모는 있을 것이다.

그러니까 지금은 ㎞당 2분 44~45초 페이스로 22~23㎞까지 갈 수 있다고 봐야 한다.

'더 이상 지체할 수 없다.'

베켈레와 케베데를 비롯한 에티오피아와 케냐 선수들이 앞발 착지법으로 브레이크 없이 굴러가듯이 달리는 모습을 봤기 때문에 태수는 마음이 더 급해졌다.

'간다!'

타타타타탁—

태수는 갑자기 5,000m 중거리 선수처럼 속도를 높여 빠르게 치고 나갔다.

'현재 13㎞… 거기에 23㎞를 더 가면 칭화대학 동문 쪽 비스듬한 오르막길이다. 무슨 일이 있어도 거기까지만 가자.'

탁탁탁탁…….

그런데 태수는 뒤쪽 좌우에서 갑자기 들려오는 발걸음 소리에 움찔 놀랐다.

그러나 뒤돌아볼 필요까진 없다. 태수의 양쪽으로 케베데와 키루이가 나란히 달리기 시작했다.

이것으로 라이벌들의 의도는 분명해졌다.

에티오피아의 체가에 케베데와 케냐의 아델 키루이는 태수하고 같은 생각이다.

반면에 따라오고 있지 않은 에티오피아의 케네니사 베켈레와 렐리사 데시사, 엔데쇼 네게세, 그리고 케냐의 체루요 무타베는 지금처럼 이븐 페이스로 달리다가 후반에 스퍼트하여 태수들을 추월하겠다는 의도다.

17㎞ 지점.

우회전하니까 태수 전방에 확 뚫린 천안문 광장의 직선주로가 나왔다.

그곳을 2분쯤 달리고 나서 태수는 힐끗 뒤돌아보았다.

원래 뒤돌아보지 않는 성격이지만 새로운 작전을 짜려면 2위 그룹을 확인해야만 한다.

아주 잠깐 0.5초 정도 뒤돌아본 태수는 뒤의 상황을 즉시 간파했다.

50m 뒤쪽에서 베켈레와 데시사, 네게세, 무타베가 달려오고 있었다.

아주 잠깐 봤지만 그들 4명은 전력으로 달리는 것 같지 않았다.

'무슨 작전이지?'

스퍼트한 태수가 4km를 km당 2분 45초 페이스로 달렸으면 지금쯤 2위 그룹하고 최소한 200m 이상 거리가 벌어졌어야 한다.

2위 그룹이 원래대로 km당 3분 1~2초 페이스로 달렸다면 말이다.

그런데 불과 50m 뒤에서 쫓아오고 있다는 것은 저들 4명이 최소한 km당 2분 50초 페이스로 달리고 있다는 뜻이다.

그걸 확인하기 위해서 태수는 톈안먼 앞 대로를 1km쯤 더 달린 후에 한 번 더 슬쩍 뒤돌아보았다.

2위 그룹은 1분 전과 비슷한 거리를 유지하고 있다. 그러나 자세히 보면 1분 전하고는 5m쯤 더 벌어진 것 같다.

그렇다면 태수의 짐작이 분명하게 들어맞았다. 태수와 케베데, 키루이는 km당 2분 45초 페이스이고, 2위 그룹은 2분 50초 페이스다.

2위 그룹의 의도는 분명하다. 태수가 속한 선두그룹처럼 ㎞당 2분 45초로 빨리 달려서 에너지가 급격하게 소비되는 것을 방지하겠다는 의도와, 그러면서도 선두그룹하고의 거리가 너무 벌어지는 것은 용납하지 않겠다는 뜻이다.

태수로선 예상하지 못했던 2위 그룹의 영특한 작전이다.

저들 4명 중에 누가 이런 작전을 구사했는지는 모르겠지만, 어느 한 명이 ㎞당 3분 1~2초 페이스에서 2분 50초 페이스로 올리니까 나머지 3명이 동조했다고 볼 수 있다.

이대로 계속 간다면 태수가 속한 선두그룹이 20㎞~21㎞ 지점에 이른다고 해도 2위 그룹하고의 격차는 100m 남짓일 뿐이다.

그래서는 태수가 무리해서 ㎞당 2분 45초 페이스로 36㎞까지 갈 이유가 없다.

36㎞ 지점 칭화대학 동문 앞 오르막까지 간다고 해도 2위 그룹하고의 격차는 250m~300m가 고작이다.

그곳에 이르면 태수를 비롯한 선두그룹은 기진맥진할 테고, 2위 그룹도 지치기는 마찬가지일 테지만 선두그룹만큼은 아닐 것이다.

그러니까 그쯤에서 2위 그룹이 치고 나간다면 후반이 약한 태수로서는 속수무책 닭 쫓던 개 지붕만 쳐다봐야 한다.

태수의 작전이 큰 소리를 내면서 삐걱거리고 있다.

탁탁탁탁―

"헉헉헉헉……."

태수와 케베데, 키루이 3명이 선두그룹을 유지한 상태에서 나란히 달리고 있지만 약간 거친 숨소리를 내는 사람은 태수뿐이다.

얼굴에서 흐르는 땀을 손으로 문질러 닦았더니 손에 거무죽죽한 땀이 흠뻑 묻었다.

코가 간지러워서 검지로 콧구멍 입구를 긁었더니 검지 끝이 새카매졌다.

정말 지독한 매연이다.

태수는 고개를 좌우로 슬쩍 돌려서 왼쪽의 케베데와 오른쪽의 키루이를 쳐다보았다.

그들의 얼굴에서도 거무죽죽한 땀이 뚝뚝 떨어졌다. 하지만 흑인이라서 그런지 고통스러워하는 건지 대수롭지 않게 여기는 건지 표정을 알 수가 없다.

에티오피아와 케냐 선수들은 러너스 하이와 마의 벽을 느끼지 않는다고 여기라는 심윤복 감독의 말이 생각났다.

하지만 태수의 생각은 달랐다. 외계인이 아닌 이상 에티오피아인이든 케냐인이든 인간인 이상 고통을 느끼는 것은 똑같을 것이다.

다만 그들은 얼굴이 검기 때문에 고통스러워하는 표정이 잘 드러나지 않는 것뿐이다.

방금 태수가 본 케베데와 키루이의 얼굴이 그걸 말해주고 있다.

얼굴에서 거무죽죽한 땀이 흐르는 건 태수나 그들이나 마찬가지라는 말이다. 즉 매연으로부터 받는 고통은 같다는 것이다.

심윤복 감독은 에티오피아와 케냐 선수들이 러너스 하이나 마의 벽을 느끼지 않는다고 말하고는 말끝에 그런 말을 했었다.

그들이 마의 벽 때 취하는 선택은 두 가지인데 계속 달리거나 아니면 중도에 포기하는 거라고 말이다.

그러니까 계속 달리는 것은 고통을 참는 것이고 중도에 포기하는 것은 고통에 무릎을 꿇은 것이다.

'해보는 거다.'

이런 식으로 가서는 케베데와 키루이를 떨어뜨릴 수가 없다.

그뿐만 아니라 이런 식으로 가다가 35㎞ 이후에 2위 그룹이 치고 나오면 속수무책이다.

태수는 이제 모험을 걸어야 할 때라고 판단했다.

그동안 훈련은 최강으로, 테이퍼링도 그런대로 괜찮게 끝냈으니까 한번 스스로의 몸을 믿어보기로 했다.

언제나 그랬듯이 모 아니면 도다.

'간다! ㎞당 2분 35초로 5㎞! 따라올 테면 따라와 봐라!'

타타타타탁―

태수와 케베데, 키루이 세 선수가 나란히 달리다가 갑자기 태수가 치고 나가기 시작했다.

그는 200m쯤 뛰다가 힐끗 뒤돌아보았다. 다른 경기에서는 거의 뒤돌아보지 않았던 그가 오늘은 자주 뒤돌아보고 있는 편이다.

그만큼 이 대회가 중요하기 때문이다.

20m쯤 뒤에서 케베데와 키루이가 묵묵히 달리고 있다. 그들의 속도는 조금 전과 같은 ㎞당 2분 45초 페이스다.

태수는 다시 앞을 보고 달려 나갔다.

'다행이다.'

탁탁탁탁탁―

10,000m 세계기록 보유자 베켈레가 전성기 때인 2005년에 벨기에 브뤼셀에서 26분 17.53초로 우승했었다.

10,000m를 26분 17.53초에 달린다는 것은 ㎞당 2분 38초 페이스이고 시속 22.83㎞/h다.

그런데 지금 태수는 그보다 빠른 ㎞당 2분 35초 페이스로 치고 나가는 중이다.

그것은 10,000m를 25분 45초에 골인할 수 있는 가공할 속도다.

그런데 그 속도로 5㎞를 달린다는 것은 태수로서는 리미트를 넘어선 것이다.

베이징에 오기 전에 심윤복 감독 앞에서 5,000m를 뛰었을 때 기록이 13분 3초였으며, ㎞당 2분 37초였었다.

그러니까 지금 태수는 그것보다도 2초나 더 빠른 속도로 달리고 있는 것이다.

케베데와 키루이가 아무리 빠르다고 해도 중거리 5,000m 세계 신기록 수준으로는 달릴 수가 없을 것이다.

"감독님! 오빠 봐요! 스퍼트했어요!"

대회 차량 SUV를 타고 20㎞ 지점 급수대로 이동하면서 DMB로 마라톤중계방송을 보고 있던 민영이 비명을 지르듯 외쳤다.

"어디 봅시다."

뒷자리 민영 옆에 앉은 심윤복 감독이 민영이 보고 있는 스마트폰으로 머리를 디밀었다.

―와앗! 한국의 한태수 선수! 17.3㎞ 지점에서 갑자기

속도를 내기 시작했습니다! 에티오피아의 케베데와 키루이가 뒤로 쭉쭉 처지고 있습니다! 한태수 선수! 마치 중거리 선수처럼 무서운 속도로 질주하고 있습니다! 황영조 해설위원께선 지금 시점에서의 한태수 선수의 단독 질주를 어떻게 보십니까?

—정말 무서운 속도군요! 저 정도면 중거리 10,000m 상위급 선수의 골인 직전 대시와 맞먹습니다! 그런데 안타깝게도 한태수 선수에 대한 자료가 부족한 상황이라서 뭐라고 말씀드리기 어렵습니다! 하지만 한태수 선수가 참가하여 우승한 호주 골드코스트마라톤이나 일본 북해도마라톤에서의 경기를 봤을 때 한태수 선수는 스피드와 지구력이 놀라울 정도였습니다! 지금 상황으로 봤을 땐 한태수 선수가 승부를 걸고 있는 것 같습니다! 네!

마라톤대회를 베이징에서 대한민국으로 실황중계하고 있는 KBS 캐스터와 해설자가 크게 흥분하여 악을 쓰듯이 고함을 질러댔다.

스마트폰 DMB 화면이 태수의 달리는 모습을 여러 각도에서 보여주고 있었다.

심윤복 감독은 눈알이 튀어나올 것처럼 화면을 쏘아보면서 신음을 흘렸다.

"음… 좋은 작전이다, 태수야."

그는 마치 옆에 있는 태수에게 하듯 중얼거렸다. 그는 태수의 작전이 무엇인지 한 번 보고 즉시 간파했다.

민영은 자신에게 거의 뺨을 대다시피 한 자세로 DMB 화면에 몰입하고 있는 심윤복 감독의 입에서 술 냄새에 담배 냄새까지 썩은 입 냄새가 쏟아져 나오기 때문에 코를 틀어막고 숨을 멈추고 있다가 더 이상 숨을 참을 수 없어서 그를 와락 밀어냈다.

"푸아—! 저리 좀 비켜요!"

얼마나 세게 밀었는지 심윤복 감독은 문짝에 처박혔다.

"오빠 작전이 뭔데요?"

심윤복 감독은 어깨를 문짝에 부딪쳐서 아플 텐데도 손으로 어깨를 슥슥 문지르면서 자세를 바로 했다.

"태수는 후반이 약한 데다가 러너스 하이와 마의 벽에 맥을 못 추니까 지금 거리를 최대한 벌려놓으려는 거요."

"케베데하고 키루이가 떨어지지 않고 뒤쫓으면요?"

"케베데와 키루이는 절대로 태수를 못 따라갑니다."

"어째서 그렇게 장담하죠?"

슥—

"보십시오."

심윤복 감독이 조금 전처럼 또 얼굴을 들이미는 데도 민영은 이번만큼은 그에게서 썩은 입 냄새를 맡지 못했다. 그의 대답이 너무 궁금했기 때문이다.

"태수의 지금 속도는 최소한 ㎞당 2분 35초입니다. 케베데나 베켈레도 그런 속도를 내지 못합니다. 낸다고 해도 아마 2㎞가 고작일 겁니다."

"오빠가 이런 속도로 얼마나 갈 수 있죠?"

"글쎄… 최대 5㎞까지는 가능할 겁니다."

"그럼 2위 그룹하곤 얼마나 벌어질까요?"

"최소 600m 최대 800m일 겁니다."

"아아… 그렇게만 되면……."

심윤복 감독은 주먹을 콱 쥐었다.

"우승도 바라볼 수 있을 겁니다."

민영은 가슴이 두근거렸다.

그녀의 머릿속에 두 가지 상상이 그려졌다. 타라스포츠의 초대박과 태수가 세계 정상급 마라토너로 등극하는 모습이다.

민영은 타라스포츠만이 아니라 태수의 개인적인 성공을 진심으로 바라고 있다.

20㎞ 3번 스페셜급수대에서 민영과 심윤복 감독은 저만치에서 달려오는 태수를 초조한 표정으로 지켜보고 있다.

주최 측이 마련한 급수 테이블을 제너럴 테이블(General

table)이라 하고 선수 측에서 준비한 곳을 스페셜 테이블(Special table)이라고 한다.

태수는 스페셜 테이블 중에서도 3번이다.

"맙소사… 저걸 어째……."

점점 가까워지고 있는 태수를 바라보는 민영의 입에서 안타까운 소리가 저절로 흘러나왔다.

태수가 입고 있는 흰색 바탕의 근사한 타라스포츠 싱글렛이 온통 거무튀튀하게 변색된 채 흠뻑 젖어 있었다.

뿐만 아니라 타라스포츠에서 태수의 발에 맞게 특수 제작한 마라톤화도 먼지와 얼룩으로 더럽혀져 있다. 베이징 시내 아스팔트의 사정이 최악이기 때문이다.

그리고 고통으로 일그러진 태수의 얼굴에서는 거무죽죽한 구정물이 뚝뚝 떨어졌다.

"저러다가 폐병 걸리겠어. 이런 매연투성이 도시에서 마라톤대회를 개최하다니, 하여튼 중국은……."

쿡—

민영은 한바탕 중국 욕을 하려다가 심윤복 감독이 옆구리를 찌르는 바람에 멈추고 힐끗 돌아보았다.

민영과 심윤복 감독, 그리고 3번 스페셜 테이블 급수대의 대한민국 선수 지원팀을 중심으로 수십 명의 카메라맨이 반원을 형성한 채 빙 둘러 민영을 향해 부지런히 셔터를 눌러대고 있었다.

취재진은 다국적이었다. 현재 민영과 태수는 아시아를 넘어서 전 세계의 초미의 관심을 집중적으로 받고 있다. 그러므로 취재진들은 민영이 태수에게 물을 전달하는 결정적인 장면을 찍으려는 것이다.

취재진의 절반 이상이 중국 신문방송, 잡지, 인터넷의 기자들이다.

그런데 그들 앞에서 중국 욕을 했다가는 아무리 아프로디테의 보컬 민영이라고 해도 뭇매를 두들겨 맞을 뿐만 아니라 그로 인해서 아프로디테는 물론이고 타라스포츠까지 큰 타격을 받게 될 터이다.

"한태수 파이팅!"

"아자! 아자! 한태수!"

그때 갑자기 함성이 터져서 민영이 급히 주로 쪽을 뒤돌아보니까 태수가 급수대의 지원요원에게 생수 한 병을 받아 들고 쏜살같이 달려가는 게 보였다.

"오빠!"

태수에게 직접 생수병을 주려고 기다렸는데 그놈의 취재진들 때문에 민영은 태수하고 눈도 마주치지 못해서 있는 대로 속이 상했다.

민영이 안타깝게 불러서인지 태수는 저만치 뛰어가다가 슬쩍 뒤돌아보며 민영에게 손을 들어 보이고 싱긋 미소를 지었다.

고통으로 일그러진 얼굴을 애써 감추고 미소를 지어 보이고 다시 달려가는 태수의 뒷모습을 보면서 민영은 억장이 무너지는 것 같았다.

"오빠……"

탁탁탁탁…….

"헉헉헉헉……"

태수는 20㎞ 급수대를 지나서 중국의 실리콘밸리라고 불리는 중관촌(中關村)으로 들어섰다.

중관촌은 베이징대학과 칭화대학 등 대학들이 몰려 있는 시내 하이뎬구 내에 위치해 있다.

이곳에는 한국의 용산전자상가 같은 하이룽따샤가 있으며 그 외에도 수많은 전자상가와 백화점들이 밀집해 있다.

태수는 17.3㎞ 지점에서 스퍼트하여 ㎞당 2분 35초의 놀라운 속도로 3㎞쯤 왔는데 벌써 숨이 턱에 찼다.

"허억… 헉헉헉……"

지독한 매연 때문이다. 게다가 구정물이 되어 흐르는 땀도 한몫했다. 냄새가 매캐하다.

태수는 21㎞ 지점 베이징대학 쪽으로 좌회전하기 전에 뒤돌아보았다.

곧게 뻗은 직선도로 까마득하게 두 사람이 달려오고 있는 게 보였다.

줄잡아서 400m는 될 것 같았다.

'서… 성공이다……'

약 4km를 오는 동안 2위 그룹을 400m까지 떨어뜨려 놓았다면 사실 절반의 성공이다.

21km면 하프, 이제 절반 온 것이다.

이제 지금 속도로 2km를 더 가면 2위 그룹은 600m 이상 벌어질 것이다.

제14장
챔피언

"하악… 하악… 하악……."

탁탁탁탁…….

태수의 숨소리가 거칠다 못해서 애절하기까지 하다.

지금 그의 몸 상태는 마치 지독한 목감기로 목이 퉁퉁 부어서 숨을 쉬기가 어려운 경우하고 흡사하다.

어찌 된 일인지 공기가 목구멍을 통과하는 것이 몹시 어려운 상황이다.

마라톤을 그것도 ㎞당 2분 35초로 전력 질주하고 있는 상황에서는 이븐 페이스 때보다 훨씬 더 많은 산소를 체내에 공급해 줘야 한다.

그런데 공기가 목구멍을 통과하지 못하고 있으니 몸이 제 역할을 하지 못하게 되는 것이다.

스퍼트를 하고 나서 이제 3km를 왔으니까 최소한 2km를 더 가줘야만 2위 그룹하고 안심할 수 있는 거리, 즉 600m 이상 을 벌려놓을 수가 있다.

낭패다. 베이징 시내의 매연은 그야말로 최악이다. 목구멍 이 마치 막힌 하수도처럼 꽉 막혀서 물이 빠지지 않는 것 같 은 상황이다.

'하수도!'

그때 태수의 머릿속에서 번쩍 번개가 쳤다.

하수도가 막혀서 물이 안 빠지면 뚫으면 된다.

목구멍이 막혀서 숨을 쉴 수 없으면 그것 역시 뚫으면 되지 않을까? 하는 생각이 들었다.

'어떻게 뚫지?'

막힌 하수도를 뚫으려면 연장이 필요하듯이, 막힌 목구멍 을 뚫으려면 병원에 가거나 약이라도 있어야 한다.

"카악! 퉷!"

태수는 목을 쇠스랑으로 긁어내듯이 한껏 좁혀서 목으로 카악! 카악! 하다가 침을 뱉었다.

누리끼리하면서도 거무튀튀한 가래 덩어리가 아스팔트에

본드처럼 철썩 달라붙었다.

"학학학학……."

그렇게 하니까 숨 쉬는 게 아주 조금 편해졌다. 공기가 목구멍 안으로 흘러드는 게 느껴졌다.

"카아악! 카아악! 퉤엣!"

달리면서 그렇게 대여섯 번이나 목구멍을 박박 긁어내면서 침을 뱉었다.

인후를 최대한 좁혀서 목구멍에 다닥다닥 붙어 있는 찌꺼기들을 긁어냈다.

그렇게 하니까 막혔던 하수구가, 아니, 목구멍이 어느 정도 뚫려서 숨 쉬는 게 훨씬 편해졌다.

'됐다.'

임시방편이지만 이 정도면 훌륭하다. 귀국하면 병원에라도 가봐야 할 것 같다.

그러고 나서는 수영강습 때 배워서 태수의 호흡법으로 발전시킨 '음파'를 길게 시도했다.

지금까지는 체내에 제대로 산소 공급을 해주지 못했기 때문에 이렇게 해서 부족한 산소를 채워주려는 의도다.

"후우우우……."

체내 구석구석에 끈덕지게 달라붙어 있던 찌꺼기들을 그런 식으로 깨끗하게 청소한다는 느낌으로 길게 아주 길게 숨을 토해냈다.

"파아아아—"

그러고는 허파가 터지도록 공기를 한껏 들이켜고 음파를 십여 차례 이상 반복했다.

탁탁탁탁…….

중관촌이 끝나는 지점에서 베이징대학 방향으로 좌회전을 꺾으면 800m 길이의 직선주로가 나온다.

여기까지가 22㎞다.

17.3㎞부터 스퍼트했으니까 이제 몇 백 미터만 더 가면 5㎞까지 질주한다는 중간 목표를 완수하게 된다.

그쯤에서 태수는 습관적으로 힐끗 뒤돌아보다가 움찔 놀라서 눈이 커졌다.

지금쯤 2위 주자가 최소한 600m 이상 후미에서 따라올 것이라고 예상했는데 300m쯤 뒤에서 두 명이 따라오고 있는 게 보였다.

둘 다 흑인이며 하나는 키가 크고 하나는 아주 작다.

키가 큰 쪽은 케냐의 키루이일 테고 작은 사람은 케베데가 분명하다.

'이런 젠장…….'

태수는 맥이 쭉 빠졌다. 지금쯤 ㎞당 2분 35초 페이스를 끝내야겠다고 생각하고 있었는데 이렇게 되면 끝낼 수가 없게 돼버렸다.

충격이 컸지만 태수는 냉정하려고 애쓰면서 지금의 상황을 정리해보았다.

'내가 저 사람들이라면……'

선두하고의 거리가 너무 많이 벌어지면 불안할 것이고, 그러다가 아까처럼 전방에 커브가 있어서 선두가 아예 시야에서 사라져 버리면 불안감이 고조될 것이다.

케베데나 키루이 둘 다 2위로 만족하지 않을 것이다. 태수처럼 이 대회의 우승후보로 꼽히는 선수들이다. 그러니까 선두 태수를 잡거나 최소한 거리를 좁히려고 스퍼트를 한 것이 분명하다.

㎞당 2분 35초 페이스로 달리고 있는 태수를 따라잡으려면 케베데와 키루이는 그 이상의 속도를 내야만 한다.

그렇지만 중거리를 뛰어보지 않은 케베데와 키루이가 과연 ㎞당 2분 35초 이상의 속도를 얼마나 오랫동안 유지할 수 있겠는가.

길어야 2~3㎞다.

거기까지 생각을 정리한 태수는 조금 전의 놀라움과 불안감이 씻은 듯이 사라졌다.

그는 자신의 계산을 확신했다. 베이징에 오기 전에 숙지한 선수들의 자료에는 케베데와 키루이가 중거리를 잘 뛰고 또 스피드가 좋다는 내용은 없었다. 두 사람의 장점은 이븐 페이스에 강하다는 것이었다.

'조금 더 가자.'

그래서 이 기회에 아예 케베데와 키루이를 녹초로 만들어야겠다고 생각했다.

아마도 케베데와 키루이는 태수가 지금쯤 기진맥진해서 속도를 줄일 것이고, 그러면 따라잡을 수 있다고 예상했을 것이다.

그것을 역으로 이용하는 거다. 태수가 지치면 케베데와 키루이는 더 지친다.

그렇게 마음먹으니까 기운이 솟구쳤다. 마라톤은 체력의 안배와 작전도 중요하지만 그것만큼 중요한 것이 마인드 컨트롤이다.

지금 태수는 러너스 하이에 빠지지 않고서도 러너스 하이 때 맛볼 수 있는 쾌감을 느꼈다.

위기를 기회로 전환시킨 덕분이다. 그래서 몸은 매우 지쳤으나 정신은 최상의 상태다.

탁탁탁탁탁—

'가자! 최소한 2㎞쯤 더 가면 승부가 날 것이다.'

탁탁탁탁······.

"학학학학······."

베이징대학 가기 전에 우회전을 하면 1.8㎞ 길이의 곧게 뻗은 직선주로 중간쯤에서 태수는 한계에 도달했다.

허파가 터질 것 같고 심장이 아예 목구멍 밖으로 튀어나올 것만 같은 상황이다.

더구나 목구멍이 다시 좁아져서 숨을 쉴 때마다 목에서 그렁그렁하는 소리가 났다.

달리는 속도도 많이 떨어졌다. 마음은 ㎞당 2분 35초지만 실제로 재보니까 2분 45초까지 떨어졌다.

그렇지만 태수는 지금 달리는 속도가 ㎞당 2분 35초든 2분 45초든 늦추려고 하지 않았다.

이 순간 그의 머릿속에는 찢어지게 가난한 집안에서 태어나서 세상에 존재하는 고생이란 고생은 다 해보면서 살아온 25년 삶의 어두움과, 지난 5월 이후에 찾아온 제2의 풍요한 삶의 밝음이 서로 교차하고 있었다.

지면 어둠이고 이기면 밝음이다.

태수로서는 마라톤대회에서 달릴 때마다 반드시 우승을 해야만 하는 간절한 목적이 있다.

이 대회에서 지면 그의 가파른 성공가도에 브레이크가 걸릴 것이다.

어쩌면 그로 인해서 슬럼프에 빠질지도 모르고 최악의 상황에는 거기에서 그의 새로운 삶이 끝날지도 모른다.

그러니까 마라톤대회 매 회마다 전력을 다해야만 한다. 마라톤대회는 그에겐 전쟁이다. 이것은 태수의 외로운 전쟁인 것이다.

아무도 도와주지 않고 도와줄 수도 없는…….

탁탁탁탁…….

"하악! 학학학학……."

그런 생각을 하니까 도저히 멈출 수가 없어졌다. 이렇게 달리다가 죽을지도 모른다는 생각이 들기도 했지만, 설마 팔팔하게 젊은 내가 이 정도에 죽을까 하는 맹목적인 자신에 대한 믿음도 생겼다.

'더… 조금만 더 가자…….'

뒤돌아보는 것은 잠시 후로 미루고 체력과 정신력의 한계까지 밀어붙이기로 독하게 마음먹었다.

"하악! 학학학……."

항상 기회는 한 번뿐이라고 생각한다. 그러니까 끝까지 밀어붙이는 거다.

케베데와 키루이가 따라붙는 바람에 km당 2분 35초 페이스로 2km를 더 가보자고 독하게 마음먹었는데 태수는 거기에다가 3.5㎞를 더 달렸다.

탁탁탁탁탁…….

"하아악… 학학학… 하악……."

'더 이상 안 되겠다…….'

도저히 깊은 숨이 쉬어지지 않았다. 숨을 짧게 쉬니까 공기가 목구멍 안에서만 맴돌고 허파에까지는 미치지 못하는 것 같았다.

허파에 산소가 공급되지 않으면 심장에도, 그리고 온몸의 내장과 장기, 근육에도 산소가 미치지 못해서 결국 극단적인 상황이 벌어지고 말 것이다.

태수의 정신은 더 밀어붙이고 싶어 하는데 몸이 말을 들어주지 않았다.

다리가 꼬이고 상체가 앞으로 고꾸라질 것 같으며 무게 230g도 안 되는 타라스포츠의 최고급 마라톤화가 납으로 만든 것처럼 무겁게 느껴졌다.

더구나 조금 전에 확인한 바로는 속도가 ㎞당 2분 50초로 늦어졌다.

이 상태로 더 무리하는 것은 오히려 나쁜 결과를 불러올 것이 분명하다.

여기까지가 그의 한계인 것 같았다. 이제는 속도를 늦춰야할 때다.

탁탁탁탁…….

"학학학학……."

태수는 17.3㎞에서 스퍼트하여 무려 8.5㎞를 더 달려서 현재 25.8㎞까지 와서야 비로소 속도를 늦추었다.

'너무 늦추면 안 된다.'

쓰러지기 일보 직전까지 체력이 소모된 상태면서도 태수는 경각심을 잃지 않으려고 애썼다.

'최소한 3분 페이스를 유지해야 한다.'

그러지 못하고 더 느린 속도로 달리면 지금껏 8.5㎞를 달려서 벌어놓은 것을 까먹게 될 것이다.

탁탁탁탁탁…….

"학학학학……."

속도를 늦추니까 호흡이 한결 편해지고 꼬이던 발걸음도 제페이스를 차츰 찾는 것 같았다.

26㎞ 지점에서 앞선 선도차의 전자시계는 1시간 15분을 나타내고 있다.

태수는 재빨리 계산을 해보았다.

26㎞까지 1시간 15분이면 ㎞당 평균 2분 53초로 달렸다는 얘기다.

만약 마라톤 풀코스 전체를 평균 2분 53초의 속도로 주파한다면 2시간 2분대가 된다.

현재 마라톤 세계기록은 케냐의 신에 데니스 키메토가 작년인 2014년 9월 28일 베를린마라톤에서 수립한 2시간 2분 57초다.

태수는 죽기 살기로 달려서 26㎞까지 평균속도 ㎞당 2분 53초를 겨우 기록했는데, 케냐의 데니스 키메토는 풀코스 42.195㎞ 전체를 ㎞당 2분 53초로 달렸다는 것이다.

그런 생각을 하니까 태수는 세계기록의 벽이 한층 두텁고 높게만 여겨졌다.

하지만 그건 그거고 지금은 베이징세계육상선수권대회에서 우승하는 것이 최우선이다.

태수는 26㎞를 막 지나 우회전하는 지점에 이르러서야 비로소 슬쩍 후미를 쳐다보았다.

'됐다……'

곧게 뻗은 직선주로 저 멀리 부연 스모그 너머로 두 명의 선수가 까마득하게 보였다.

태수가 봤을 때 거리가 최소한 800m 될 것 같은데 너무 멀어 가물가물해서 누군지 잘 보이지 않았지만 케베데와 키루이 같았다.

케베데와 키루이는 중거리 스피드로 오래 달리지 못할 거라는 태수의 예상은 적중했다.

저 두 명은 태수를 따라잡겠다고 쓸데없이 용쓴 덕분에 기진맥진해서 제대로 달리지 못하고 있다.

지나치게 소모된 체력을 회복하는 데 최소한 10분 이상 걸릴 게 분명하다.

태수는 자신의 손목시계를 보면서 현재 달리는 속도를 측정해 보았다.

그는 자기가 km당 3분 페이스로 달리고 있다고 생각했는데 26km에서 27km까지 1km를 달리면서 시간을 재본 결과 2분 58초가 걸렸다.

만약… 만약 말이다. 태수가 지금 속도로 앞으로 남은 15km를 갈 수만 있다면 2시간 3분대에 골인하게 된다.

그렇게만 되면 이번 대회 우승은 따놓은 거고 세계육상선수권대회 최고기록을 경신하게 될 것이다.

그렇지만 문제는 태수의 체력이 갈수록 점점 떨어질 것이고 게다가 아직은 러너스 하이와 마의 벽이 남아 있다는 사실이다.

그런 걸 감안해서 km당 3분 9~10초까지 떨어진다고 해도 2분 정도 늦어질 테고, 그러면 2시간 5분 30초.

그렇게만 해도 이 대회 우승 가능성은 충분하다.

이런 최악의 상황에서라면 아무리 세계적 선수라고 해도 2시간 5분대의 기록을 내기는 어려울 것이다.

하지만 태수는 버틸 수 있을 때까지 km당 3분을 유지해 볼 생각이다.

러너스 하이, 아니, 마의 벽이 올 때까지 무조건 시간을 벌어놔야만 한다.

탁탁탁탁……

"헉헉헉헉……."

태수는 슬슬 몸 여기저기가 아파오기 시작했다.

이번 대회 코스를 숙지한 바에 의하면 전방 오른쪽에 보이는 것이 베이징대학일 것이다.

여기까지가 29㎞다. 선도차의 시계는 1시간 25분 20초를 나타내고 있다.

29㎞까지 오는 동안 평균속도 ㎞당 2분 57초다.

아까 출발해서 26㎞까지는 평균속도가 2분 53초였는데, 3㎞를 오는 동안 평균속도가 4초나 늦어졌다.

태수의 달리는 속도가 조금씩 느려지고 있다는 사실이 지금의 문제로 새롭게 대두됐다.

조금 전에 속도를 재보니까 ㎞당 3분 5초다. 그는 체감 속도로 3분은 될 거라고 짐작했는데 5초나 더 늦다.

그러나 더 나쁜 상황이 기다리고 있다. 이제부터 속도가 점점 더 느려질 것이라는 사실이다.

몇 분대에 골인하느냐는 사실 중요하지 않다. 그보다는 우승을 하느냐가 훨씬 더 중요하다.

태수에게 기록을 단축시켜야 한다는 숭고한 스포츠 정신을 요구하는 것은 무리다.

베이징대학 앞의 직선주로는 약 3㎞ 정도다. 그 거리를 달리면서 태수는 속도가 점점 더 느려지고 있다.

중간쯤 이르렀을 때 뒤돌아보니까 뒤쪽 횡단보도에 수많은 사람이 건너고 네거리에는 차량들이 한데 뒤섞여서 엉망이다.

마라톤대회 때 교통통제를 하더라도 선수와 선수 사이가 많이 벌어지면 통제요원의 재량으로 사람이나 차량들을 잠시라도 통행하게 만든다.

그렇다면 태수와 2위 그룹과의 거리가 꽤 많이 벌어졌다는 의미다.

2위 그룹인 케베데와 키루이가 거리를 좁히지 못하는 걸 보면 많이 지쳤다는 뜻이다.

아까 태수를 잡겠다고 ㎞당 2분 35초 이상의 속도를 낸 게 그들에겐 악재로 작용한 것이 분명하다.

중거리에 자신 있는 태수가 이렇게 지쳤다면 케베데와 키루이의 상태는 심각할 것이다.

그걸 감안한다면 태수가 이 정도 속도로 가도 케베데와 키루이가 피니시까지 최소한 800m 거리를 좁히지는 못할 거라는 게 태수의 계산이자 또한 바람이다.

그러나 문제는 아직 남아 있는데 바로 3위 그룹이다.

모르긴 해도 3위 그룹은 줄곧 이븐 페이스로 달리고 있을 테니까 체력적으로 선두 태수나 2위 그룹보다는 안정적일 것이다.

3위 그룹은 아마도 베켈레를 비롯한 에티오피아 선수들과 케냐 선수들이 형성하고 있을 터이다.

태수와 3위 그룹과의 거리가 얼마이고 그들의 속도가 어느 정도인지 알면 계산을 하는 데 큰 도움이 될 텐데, 지금으로썬 30㎞ 지점 급수대에 이르러서 민영이나 심윤복 감독에게 물어보는 수밖에 없다.

아까 25㎞ 지점 급수대에 민영이와 심윤복 감독은 보이지 않았었다. 그렇기에 30㎞ 급수대에서도 두 사람이 없다면 곤란하다.

그런데 그때 달리고 있는 태수의 전방에서 전혀 예기치 않았던 일이 벌어지고 있다.

연도에는 많은 시민이 모여서 구경이나 응원을 하고 있는데, 태수 전방 오른쪽 차도와 인도를 구분하는 곳에 줄로 쳐놓은 바리케이드가 무너지면서 일단의 무리가 주로로 달려들고 있는 것이 보였다.

그런데 그들이 달리고 있는 태수에게 우르르 달려오고 있는 게 아닌가.

삐이익! 삐익!

중국 공안(公安)들과 통제요원들이 호각을 불면서 막으려고 했으나 늦고 말았다.

연도의 사람들이 갑자기 돌격할 것이라곤 예상하지 못했기 때문이다.

태수에게 달려드는 사람은 대부분 젊은 여자이며 중국인으로 보이고 손에 작은 피켓이나 큰 글씨로 적은 종이, 휴대폰을 들고 있다.

"꺄악! 한태수 씨! 사랑해요!"

"와아앗! 오빠! 사랑해요!"

그들은 태수의 열혈팬이었다. 어설픈 한국어로 태수 이름을 부르면서 사랑한다고 외쳐 댔다.

세계적인 마라톤 경기 중에 주로에 뛰어들다니, 중국인들의 상식을 짐작할 수 있는 일이다.

태수는 잘 모르고 있지만 한국을 비롯한 중국, 일본, 그리고 동남아에는 태수의 열혈팬들이 갑자기 급증하여 많은 팬클럽이 생겼을 정도다.

아시아를 넘어서 세계적 스타로 급부상하고 있는 태수가 중국 베이징 시내에서 마라톤을 하고 있는데 중국 내의 열혈팬들이 베이징 시내로 쏟아져 나온 것은 어쩌면 당연한 일이다.

중국 열혈팬들은 대로변 바리케이드 밖에서 태수를 연호하며 악을 쓰다가 가까이 달려오는 태수를 보고는 순간적으로 이성을 잃고 한꺼번에 달려든 것 같았다.

"어어……."

태수는 전방 오른쪽에서 달려드는 열혈팬들을 피하여 급히 왼쪽으로 달렸다.

순간적으로 그의 머리에 떠오른 생각은 '주로에서 타인과 접촉하면 실격'이라는 사실이다.

이런 불가항력적인 상황은 예외라는 사실을 모르는 그는 달려드는 열혈팬들을 피해서 달리던 중앙선에서 벗어나 왼쪽으로 2개 차선이나 비스듬히 넘어서 달려갔다.

찌이익!

"앗!"

그런데 한 명의 여자가 오른쪽에서 달려들며 손을 뻗어 태수를 잡으려다가 싱글렛을 잡아채서 길게 찢어졌다.

게다가 그 여자를 피하려고 몸을 비틀다가 태수는 스텝이 엉켜 버렸다.

시큰!

"억!"

발을 잘못 딛는 바람에 왼쪽 무릎이 찌르르 하면서 한순간

송곳으로 찌르는 것처럼 아팠다.

그렇지만 태수는 간신히 중심을 잡고 앞으로 달려 나가서야 몰상식한 열혈팬들로부터 벗어날 수 있었다.

그가 달리면서 뒤돌아보니까 뒤늦게 달려온 공안들이 곤봉으로 열혈팬들을 마구 두들겨 패고 있었다.

조금 전 태수의 싱글렛 옆구리를 찢어서 그 조각을 손에 쥐고 있는 여자가 곤봉에 머리를 얻어맞아 애처로운 비명을 지르는 모습이 얼핏 보였다.

중국 공안들은 무자비하다더니 사실이었다. 주로에서 난데없이 아비규환이 벌어지고 있다.

그러나 그보다 태수는 왼쪽 무릎이 괜찮을지 걱정이다.

달리는데 왼쪽 무릎이 계속 시큰거렸다. 무릎에 이상이 생겼더라도 이 대회만큼은 제대로 달려서 우승하고 싶다는 마음이 간절해졌다.

드디어 30㎞다. 선도차의 시계는 1시간 28분 13초를 나타내고 있다.

지금까지 평균 ㎞당 2분 56초. 조금 전하고 크게 달라진 게 없다.

현재 속도는 ㎞당 3분 5초 정도일 것이고 여태까지 벌어놓은 시간을 조금씩 까먹고 있는 중이다.

그때 전방 오른쪽 도로변에 급수대가 나타났고 스페셜 테이블에 민영과 심윤복 감녹의 모습이 보였나.

3번 스페셜 테이블 앞으로 나와 있는 민영이 양손에 뚜껑을 딴 2개의 생수병을 들고 있다.

탁탁탁탁…….

"학학학학……."

태수가 3번 스페셜 테이블로 달려가고 있을 때 심윤복 감독이 외쳤다.

"태수야! 2위가 바뀌었다! 베켈레하고 케베데! 키프로티치! 이마이다! 400m 후미다!"

심윤복 감독은 태수가 물으려고 했던 것들을 한꺼번에 쏟아내듯이 알려주었다.

"태수야! 2위는 2분 55초 페이스다!"

DMB방송을 보고 있으면 중계방송을 하는 캐스터와 해설위원이 분석을 해준다. 심윤복 감독은 그걸 듣고 알려주는 것이다.

탁!

"오빠! 머리하고 뒷목에 물 뿌려!"

심윤복 감독이 두 번째로 외칠 때 태수는 민영에게서 2개의 생수병을 낚아채서 달려갔다.

탁탁탁탁—

민영은 조금 전에 열혈팬들이 주로로 달려들고 그중에 한 여자가 태수의 싱글렛을 찢는 광경을 DMB를 통해서 보고는 기절할 뻔했었다.

민영은 싱글렛 오른쪽이 길게 찢어져서 너풀거리며 멀어지고 있는 태수를 바라보면서 가슴이 아렸다.

그녀는 태수를 바라보며 주먹을 꼭 움켜쥐면서 하나의 작은 결심을 했다.

태수는 다시 주로로 돌아가서 달리면서 생수를 벌컥벌컥 들이켰다.

땀이 얼마나 많이 나는지 급수대에서 물을 마시고 1㎞도 못 가서 금세 목이 탄다.

단번에 반이나 마신 생수병은 손에 든 채 다른 손에 들고 있는 생수병을 거꾸로 머리와 뒷목에 쏟았다.

쏴아아—

몽롱했던 정신이 번쩍 들었다.

남은 물은 양쪽 허벅지에 뿌리고 빈 병을 버렸다.

몸의 체온이 상승하여 40도가 넘으면 중추신경계에 이상이 생기고 여러 장기가 손상되는 응급 상황을 초래할 수도 있기 때문에 기회가 있을 때마다 수시로 체온을 식혀주는 것이 좋다.

특히 머리와 뒷목에 찬물을 많이 뿌려주면 좋은 효과를 볼 수 있다.

태수는 나머지 반병의 물을 다 마시고 빈 병을 버렸다.

몸에 물을 뿌리고 마시면서도 태수의 머릿속에서는 방금 심윤복 감독이 해준 말이 맴돌았다.

태수는 2위 그룹이 케베데와 키루이라고 알고 있었는데 바뀌었다는 것이다.

케베데는 그대로이고 베켈레와 키프로티치, 그리고 이마이가 가세했단다.

그런 형태라면 베켈레와 키프로티치, 이마이가 2위 그룹을 추월하려고 하니까 키루이는 떨어져 나가고 케베데는 합류해서 따라온 것이다.

3명은 그렇다 치고 일본의 이마이가 베켈레 등과 같은 속도로 따라와 2위 그룹에 든 것은 태수로선 전혀 뜻밖이다.

이마이 마사토는 베켈레나 케베데처럼 세계적인 선수가 아닌데 이런 실력을 보여주고 있다는 것은 그만큼 이번 대회에서의 좋은 성적이 절실하다는 뜻이 아니겠는가.

그리고 태수를 반드시 이기겠다는 각오 또한 대단할 것이다. 그 마음이 이마이를 지금처럼 초인적으로 달리게 만드는 것일 게다.

심윤복 감독은 2위 그룹이 현재 km당 2분 55초 페이스라고 했다.

그런데 조금 전 28~29km를 쟀을 때 태수는 3분 5초였다.

2위 그룹보다 km당 10초나 늦다. 이런 속도로 갔다가는 머지않아 따라잡힌다.

그렇지만 거의 26km까지 무려 8.5km나 스피드를 내서 달려왔는데 겨우 4km 남짓 3분 5초 페이스로 달린 것으로 태수의 체력이 얼마나 회복됐는지 모를 일이다.

그렇지만 지금으로썬 선택의 여지가 없다. 2위 그룹에게 추월당하지 않으려면 또다시 힘을 내야만 한다.

대회에 참가하기 전에 세웠던 계획이나 조금 전까지 달리면서 세운 작전은 백지화하고 지금부터 시작이라는 생각으로 다시 작전을 짜야 한다.

심윤복 감독은 2위 그룹이 400m 후미에 있다고 말했다. 아니, 태수는 30km 급수대에서 500m 정도 달려왔으니까 지금쯤 2위 그룹이 더 가까워졌을 것이다.

'2분 50초로 가자.'

태수는 좋은 작전이 떠오를 때까지 km당 2분 50초 페이스로 가기로 마음먹었다.

31km 지점에서 손가락으로 왼손 손목의 시계를 툭! 건드렸다. 그것만으로 지금부터 시간이 측정된다.

탁탁탁탁……

"허윽! 헉헉헉……."

태수의 호흡이 매우 거칠고 불안했다.

측정된 시간을 보니까 km당 3분이다.

태수 딴에는 2분 50초 페이스로 달린다고 달렸는데 실제론 3분이다. 몸이 극도로 지쳐서 따라주지 않는 것이다.

2위 그룹이 km당 2분 55초 페이스인데 태수는 그보다 km당 5초가 늦다.

태수는 뛰면서 손목시계를 조작하여 계산을 해보았다.

2위 그룹이 km당 2분 55초면 초속 5.73m/s다. km당 태수보다 5초 빠르니까 5.73×5=28.65m다.

2위 그룹이 태수보다 1km에 28.65m 빠르다는 점을 감안한다면 10km에 28.65×10=286.65m다.

태수는 현재 32km 지점을 달리고 있으므로 앞으로 남은 거리는 약 10km다.

그러니까 태수가 피니시라인에 골인할 때쯤 2위 그룹하고의 거리는 최소한 50m 이상 차이가 난다.

물론 2위 그룹이 마지막 스퍼트를 할 체력이 남아 있지 않고 또 태수가 지금처럼 피니시까지 km당 3분 페이스를 유지한다는 가정하에 가능한 일이다.

그것이 제1의 상황이라고 한다면 제2의 상황도 있다.

2위 그룹이 남은 10km를 달리는 도중에 최후의 스퍼트를 하는 것이다.

제3의 상황은 태수에게 러너스 하이나 마의 벽이 찾아들어 속도가 현저하게 떨어지게 될 최악의 경우다.

34km 지점에 이르렀을 때 불길한 예측 중에 하나가 태수에게 찾아들었다.

"허어억… 헉헉……."

속도가 km당 3분 5초로 떨어졌다. 조금 전에는 3분이었는데 5초가 늦어졌다.

태수 자신은 km당 3분으로 달렸다고 생각했다. 그러나 단지 체감 속도가 3분이었을 뿐 실제로는 3분 5초다.

숨이 차고 다리를 비롯한 온몸이 아픈 것하고는 다른 원인 때문이다.

무지막지한 더위와 갈증이다. 바람 한 점 없는 시내 한복판을 34km나 달렸기 때문에 체온은 극한까지 치솟았다.

뿐만 아니라 체내의 수분이 땀으로 줄줄 흐르면서 배출되어 탈수 증세를 일으켜서 지독한 이중고를 겪고 있다.

더구나 칭화대학 동문 쪽은 긴 오르막이라서 뛰는 게 아니라 걷는 것 같은 기분이 들 정도다.

턱턱턱턱…….

뛰는 발걸음 소리마저 경쾌하지 않고 무겁게 울렸다.

km당 3분 5초라는 게 문제가 아니다. 오르막을 오르면서 속도가 점점 더 떨어지고 있다. 더구나 이 오르막은 매우 길어서 체력을 더욱 소진시킨다.

태수는 이번이 4번째 마라톤 풀코스를 뛰는 거지만 지난 3개 대회에 비해서 이번 대회가 제일 힘든 것 같다.

여태까지는 달리는 도중에 아무리 힘들어도 포기하려는 마음이 들지 않았었다.

그런데 지금은 당장에라도 아무데나 벌렁 자빠져서 쉬고 싶다는 생각만 머릿속에 가득했다.

"하아악… 학학… 커억……."

더구나 지독한 매연 때문에 콧구멍과 목구멍이 막혀서 숨을 쉬는 게 전쟁을 치르는 거 같다.

북해도마라톤대회 때는 마의 벽 때문에 고전했는데 이번에는 마의 벽이 찾아오기도 전에 지독한 더위와 매연이 사람을 아예 탈진시키고 있다.

천신만고 끝에 오르막 꼭대기에 오른 태수는 뒤돌아보다가 인상이 구겨졌다.

오르막 아래쪽에 3명이 달려오고 있었다. 베켈레와 케베데, 그리고 키프로티치다.

3명 뒤에 또 한 명이 따라오는 것 같은데 얼굴은 보이지 않지만 아마도 이마이 마사토일 것이다.

2위 그룹하고의 거리는 250m 정도.

아까 계산한 대로라면 지금쯤 2위 그룹과 태수의 거리가 약 300m여야 한다.

그렇다면 현재 2위 그룹과 태수의 km당 속도 격차가 10초 이상이라는 얘기다.

2위 그룹이 스피드를 낸 건지 태수의 속도가 떨어졌는지 어느 쪽인지 모르겠다.

탁탁탁탁…….

"하악… 학학학……."

태수는 힘을 내서 내리막을 달려 내려가기 시작했다.

그는 베이징에 오기 전에 신나라를 데리고 경북 풍기의 죽령고개에 내리막훈련을 하러 갔었다.

안동시립운동장 트랙에서 10,000m를 나란히 달려본 결과 신나라는 3분 15초가 나왔었다.

북해도마라톤대회 때의 기록 29분 35초에는 못 미치지만 그에 가까운 기록이었다.

태수는 신나라가 자기하고 같이 뛰면 좋은 기록이 나온다는 조금 어이없는 사실을 알게 되었다.

그렇지만 베이징세계육상선수권대회 여자 10,000m에서 태수가 신나라하고 같이 달려줄 수는 없는 일이다.

그래서 신나라의 보폭을 넓히고 스피드를 높여주기 위해

죽령고개 내리막코스를 줄기차게 뛰어내리며 이틀 동안 맹훈련을 했었다.

신나라하고 같이 내리막훈련을 한 덕분에 태수의 내리막을 질주하는 실력과 감각이 꽤 좋아졌으며 한 가지 크게 깨달은 사실이 있었다.

내리막을 쏜살같이 달려 내려감으로써 평지에서는 발휘할 수 없는 빠른 스피드를 낼 수 있다는 것.

그리고 그 스피드에 적응하기 위해서 뇌는 '브레이크를 걸 수 없다'라는 사실을 인지한다.

내리막 달리기를 반복함으로써 최소한 내리막에서만큼은 브레이크가 전혀 걸리지 않는 주법을 발휘할 수가 있다.

만약 이후로도 내리막질주훈련을 꾸준히 하게 된다면 평지에서도 브레이크가 걸리지 않는 주법으로 전환할 수 있을 것이라고 생각했었다.

턱턱턱턱턱······.

내리막 질주 시에는 발바닥 전체로 착지하기 때문에 착지하는 시간이 매우 짧아지고 발걸음 소리는 평지를 달릴 때보다 훨씬 커진다.

발걸음 소리가 커지는 이유는 스트라이드, 즉 보폭이 넓어지고 체중이 실리기 때문이다.

태수는 자신의 3가지 주법에 해당하지 않는 '내리막 질주'

라는 제4의 주법으로 빠르게 내리막을 달려 내려갔다.

조금 전 오르막보다는 절반 정도 짧은 약 300m의 내리막을 달려 내려와서 뒤돌아보니까 2위 그룹이 오르막 꼭대기에 나타난 모습이 보였다.

조금 전에 오르막 꼭대기에서 뒤돌아봤을 때에는 2위 그룹과 약 250m 거리였는데 내리막을 질주하면서 50m를 더 벌렸다.

제4의 주법 내리막 질주는 성공했다.

태수가 35㎞ 지점 급수대에 이르렀을 때 민영은 두 손에 특수 조제한 스포츠 음료와 생수병을 들고 있고, 심윤복 감독은 달려오는 태수를 향해 악을 썼다.

"태수야! 팔을 작게 흔들어라!"

탁!

사우나에 서너 시간 동안 앉아 있다가 나온 것 같은 모습의 태수가 스포츠 음료와 생수병을 받아 들 때 심윤복 감독이 연이어 소리쳤다.

"가래 뱉고 깊은 호흡을 해라!"

태수에게 음료수를 전해준 민영은 굳어버린 듯 그 자리에 우두커니 서서 아무 말도 못한 채 멀어지는 태수의 뒷모습을 바라보았다.

하지만 민영의 눈에는 태수의 뒷모습이 보이지 않는다. 방금 음료를 건네줄 때 보았던 태수의 앞모습이 그녀의 동공에 인두로 지진 것처럼 각인되어 영상이 사라지지 않고 있다.

방금 본 태수의 얼굴은 민영이 늘 봐왔던 젊고 건강하며 밝은 모습이 아니었다.

10년쯤 폭삭 늙어버렸거나 무덤에서 막 걸어 나온 시체의 얼굴이었다.

타라스포츠가 런칭과 동시에 매월 200%이상 급성장하고 있는 이유는 단 하나 오로지 태수 덕분이다.

지금 민영은 자신과 타라스포츠가 태수를 학대하고 있다는 느낌을 받았다.

태수의 희생 위에 타라스포츠가 팡파르를 울리면서 빛나고 있는 것이다.

저기 옆구리가 찢어진 싱글렛을 펄럭이면서 달려가고 있는 태수는 신생 타라스포츠를 힘겹게 끌고 있는 견인차인 것이다. 견인차가 멈추면 타라스포츠도 멈출 것이다.

'오빠…….'

민영은 가슴이 뭉클하고 눈시울이 뜨뜻해지며 절로 눈물이 흘러내렸다.

탁탁탁탁…….

"헉헉헉헉……."

태수는 조금 전 급수대에서 심윤복 감독이 지시한 대로 실행했다.

최대한 팔을 작게 흔들라는 것은 에너지 소비를 최소화하라는 뜻이다.

그리고 깊은 호흡을 하라는 것은 '음파'하고 비슷한 것 같지만 조금 다르다.

음파는 길게 내쉬고 깊이 들이마시는 것이다. 그렇지만 '깊은 호흡'은 내뱉는 숨은 평소처럼 하고 들이마시는 숨을 깊게 하는 것이다.

사람이 입과 코를 통해서 들이마시는 공기는 전부가 허파까지 도달하는 것이 아니라 중간에 기도 등의 공간이 있기 때문에 소비되는 양이 발생한다.

이렇게 폐에까지 도달하지 못하는 공기를 사공량(死空量)이라 하고, 일반 성인의 경우 한 번 호흡에 150cc 정도다.

그리고 흡입한 공기 전체에서 이 사공량을 뺀 값을 폐포환기량(肺胞換氣量)이라고 한다.

그러므로 효율적인 호흡이라고 하는 것은 폐포환기량의 비율을 높이는 것이다.

사공량으로 소모되는 공기를 감안하면 얕은 호흡과 깊은 호흡을 비교했을 때 1분당 들이마시는 공기의 양은 같아도 실제 허파에 도달하는 공기의 양은 차이가 있다.

얕은 호흡과 깊은 호흡의 차이는,

한 번에 들이마시는 공기의 양×1분당 호흡수=1분당 들이마시는 공기의 양.

얕은 호흡 300cc×20회=6L

깊은 호흡 600cc×10회=6L

사공량을 고려한 계산은,

얕은 호흡 (300cc−150cc)×20회=3L

깊은 호흡 (600cc−150cc)×10회=4.5L

사공량을 감안하여 계산하면 들이마신 공기량이 얕은 호흡과 깊은 호흡에 1.5L의 차이가 발생한다.

그러므로 깊은 호흡을 하면 심장에서 내보내는 혈액에 산소량이 풍부해져서 피로 회복에 큰 도움이 된다.

마라톤 풀코스는 장시간에 걸쳐서 달려야 하므로 호흡근이 피로해져서 점차 호흡이 얕아지고, 허파에 전달되는 산소의 양이 감소한다.

그렇기 때문에 깊은 호흡을 하려면 호흡근의 긴장을 풀어 줘야 한다.

허리와 가슴, 어깨를 활짝 펴고 기지개를 켜는 듯한 행동을 취하면서 몇 차례 깊은 호흡을 하게 되면 횡격막, 더 나아가서 늑간근(肋間筋)이라 불리는 호흡을 보조하는 근육이 펴지게 된다.

"하아아… 하아아… 하아아……."

태수는 팔의 흔들림을 최소화하고 양어깨와 가슴, 허리를 펴고 깊은 호흡을 하면서 달렸다.

36km에서 40km까지 징관대도는 약 4km에 이르는 곧게 뻗은 직선주로다.

깊은 호흡을 줄곧 시도한 태수는 아까에 비해서 호흡이 많이 안정됐으며 그 덕분에 피로도 어느 정도 회복되었다.

그렇다고 해서 깊은 호흡이 만능은 아니다. 당장에라도 쓰러져서 쉬고 싶다는 절박한 심정을 조금 완화시켰을 뿐이지 온몸 구석구석 아픈 통증과 찌는 듯한 더위, 코와 입으로 쏟아져 들어오는 지독한 매연은 그대로다.

35km 급수대에서 물을 마시고 2km 남짓 달렸을 뿐인데 벌써 목이 탄다.

인후가 갈증을 느끼는 것이 아니라 몸 전체가 간절하게 수분 공급을 호소하고 있는 것이다.

방금 전 36km에서 37km까지 속도를 쟀을 때 3분 2초였다.

35km 급수대 전까지 km당 3분 5초 이하로 뚝뚝 떨어졌었던 속도가 깊은 호흡 덕분에 조금 상승했다.

앞으로 남은 거리는 5km, 아니, 정확하게 5km하고도 195m만 더 가면 이 처절했던 악전고투의 전쟁은 막을 내린다.

그러나 태수가 남은 5㎞를 어떻게 달리느냐에 따라서 1위 우승을 하여 찬란한 위업을 이루느냐, 아니면 우승을 하지 못하느냐가 냉엄하게 판가름이 난다.

지금껏 37㎞를 처절하게 달려왔던 것은 이미 지나간 일이다. 그것은 남은 5㎞를 위한 전초전이었을 뿐이다.

그러므로 지금까지 달려온 37㎞는 깨끗이 잊고 남은 5㎞에 젖 먹던 힘을 다 쏟아내야만 한다.

탁탁탁탁탁……

"하악… 하악… 학학학……."

태수는 전방 선도차의 시계를 보고 있지만 건성으로 보고 있을 뿐이다.

시선이 전방을 향하고 있을 뿐이지 37㎞를 조금 지난 현재 시간이 얼마나 지났는지는 그에게 별 의미가 없다.

그의 목적은 오로지 우승이다. 그렇기 때문에 2시간 5분으로 골인하든 2시간 10분이든 상관없다.

선두를 달리고 있는 태수의 전후좌우 사방에서 4대의 대형 중계차와 16대의 오토바이가 태수를 포위하듯 감싼 상태에서 같은 속도로 천천히 달리면서 촬영을 하고 있다.

세계육상선수권대회는 월드컵, 올림픽과 더불어 세계3대스포츠축제에 속한다.

그렇기 때문에 대회 첫날 첫 번째로 벌어지는 경기인 마라톤은 전 세계로 생생하게 실황중계되고 있는 중이다.

전 세계 50여 개 나라에서 최소한 15억 명 이상이 태수가 달리는 모습을 보고 있는 것이다.

탁탁탁탁탁……

태수는 새로운 주법으로 달리고 있다.

지금까지 한 번도 시도한 적이 없는 주법이며, 지금 그가 처한 상황에 가장 적합한 주법이다.

"헉헉헉헉……"

태수에겐 내리막질주주법까지 4개의 주법이 있는데, 지금 달리고 있는 주법은 그것들보다 스트라이드 보폭이 더 작은 주법이다.

그의 4가지 주법 중에서 보폭이 가장 짧은 것은 첫 번째 주법 170㎝이다.

그런데 지금 실행하고 있는 주법의 보폭은 그보다도 10㎝나 더 짧은 160㎝ 정도다.

그 대신 피치, 즉 주행회수가 무척 빠르다. 그의 4가지 주법 중에서 주행회수가 가장 빠른 첫 번째 주법의 분당 185~190회보다 최소 20회가 더 빠른 205~215회의 주행회수다.

그것은 세계에서 가장 빠른 주행회수를 지녔다는 일본의 여자 마라토너 다카하시 나오코의 분당 주행회수에 거의 근접하는 주행회수다.

첫 번째 주법보다 보폭이 10㎝ 짧아졌으며 그로 인해서 1분당 손해를 보는 거리는 약 187m다.

반면에 새로운 주법, 즉 제5의 주법은 보폭이 줄어든 대신 주행회수가 20회 더 늘었으므로 그로 인해서 보게 되는 이득은 320m다.

그러므로 결국 제5의 주법은 태수가 ㎞당 3분 이븐 페이스로 정속 주행할 때보다 분당 거리가 133m 더 길어졌다는 얘기다.

인류가 전쟁을 통해서 무기를 발전시켰다면, 태수는 난관에 부닥칠 때마다 새로운 주법을 탄생시킨다.

"헉헉헉헉헉……."

달리고 있는 태수의 전방 선도차 너머 징관대도가 끝나는 지점에 공원을 비롯하여 커다란 경기장 건물이 나타났다.

그곳은 올림픽공원과 올림픽 부속경기장인데 올림픽 공원 직전에서 좌회전하여 500m쯤 가면 40㎞ 지점이다.

현재 태수는 38㎞를 200m쯤 남겨놓은 주로를 달리고 있는 중이다.

제5의 주법으로 두 팔은 거의 흔들지 않는 것처럼 조금씩 흔들어주고 있으며, 허리와 어깨에 힘을 빼서 상체를 축 처진 것처럼 아래로 내렸다.

그런 자세로는 깊은 호흡을 할 수 없지만 에너지의 불필요한 낭비를 막는 최소한의 방법이다.

현재 태수는 모든 것이 바닥을 드러낸 상황이다. 그의 몸속 근육, 세포질 속에 저장되어 있던 글리코겐은 이미 에너지로 사용하여 완전히 소진되었다.

더구나 글리코겐을 만들어내고 저장하는 간의 것을 가져다 사용하여 간의 글리코겐 양을 크게 감소시키고 있다.

탁탁탁탁탁······.

'하악··· 학학··· 하아아······.'

지금 태수는 달리고 있지만 본인의 의지가 아니라 절반쯤은 무의식 상태에서 달린다.

37㎞ 이후로는 시계도 보지 않을 뿐만 아니라 계산조차도 하지 않고 있다.

모든 것이 귀찮다. 시계를 보려고 선도차의 전자시계에 눈의 초점을 맞추는 것도, 계산을 하려고 왼손을 들어 올려서 시계의 버튼을 조작하는 것도, 그것들을 머릿속에서 이리저리 짜 맞추는 것도 다 귀찮았다.

그저 어서 빨리 피니시라인이 나타나기만을 바랄 뿐이다.

그렇지만 기진맥진한 지금의 이 상황이 마의 벽은 아니다.

극도로 지치고 온몸 아프지 않은 곳이 없지만 마의 벽이 아닌 것만은 분명하다.

마의 벽은 이것보다 훨씬 더 지독하다. 만약 지금 태수에게 마의 벽이 찾아온다면 더 이상 뛰지 못하고 주저앉아 버리고 말 것이다.

그러나 다행히 38km가 가까워오고 있는 지금까지도 마의 벽이 찾아오지 않았다.

그게 현재 태수에게는 유일한 위로다. 어쩌면 골인할 때까지도 마의 벽이 찾아오지 않는 행운을 누릴 수 있기를 태수는 간절히 기도했다.

"오빠!"

누군가 큰 소리로 불렀다. 오른쪽에서 들려오는데 민영의 목소리라서 태수는 천천히 그쪽을 쳐다보았다.

민영은 태수와 같은 속도로 인도에서 달리며 연신 그를 쳐다 보면서 외쳤다.

"오빠! 2위 그룹이 50m 뒤에 따라붙었어!"

대회 차량 SUV를 타고 오는 것은 길이 막혀서 너무 늦고, 또 인도에 사람이 많아서 오토바이를 타고 달릴 수가 없기 때문에 민영이 두 발로 직접 달려온 것이다.

민영이 따라붙을 정도라면 태수의 달리는 속도가 많이 느려졌다는 뜻이다.

태수가 움찔 놀라서 뒤돌아보니까 정말로 50m 후미에서 달려오는 선수들이 보였다.

그것도 자그마치 4명이다. 급히 뒤돌아보고 나서 다시 앞을 보고 달리고 있지만 태수의 망막에는 그들 4명의 모습이 또렷하게 새겨졌다.

일렬로 늘어섰는데 선두는 키프로티치고 두 번째는 케베데, 세 번째는 베켈레, 네 번째는 뜻밖에도 무타베다.

출발 직후에 태수의 어깨를 세게 부딪쳐서 쓰러뜨릴 뻔했던 바로 그 무타베다.

태수의 망막에 그 4명의 뒤쪽 좀 먼 거리에서 한 명이 달려오고 있는 모습이 남아 있지만 지금은 그런 것까지 신경 쓸 겨를이 없다.

"오빠! 힘을 내! 3km밖에 안 남았어!"

민영이 계속 나란히 달리면서 안타깝게 소리쳤다.

너무 안타까운 민영은 사람들 때문에 복잡한 인도에서 주로 가장자리로 뛰어내려서 달리기 시작했다.

삐이익! 삐익!

민영이 지나쳐 온 쪽에 서 있던 통제요원이 호각을 불면서 달려왔으나 민영이 전력으로 달리는 속도를 따라잡을 수는 없다.

태수는 혹시 민영이 물을 갖고 있지 않나 싶어서 그녀의 손을 바라보았지만 안타깝게도 빈손이다.

그러나 설혹 민영이 생수병을 지니고 있다고 해도 급수대가 아닌 지점에서 태수가 그것을 받아서 마시면 실격이다.

민영은 달리면서 태수의 뒤쪽을 쳐다보았다.

그때 2위 그룹 선두인 키프로티치가 스퍼트를 했다.

그 뒤를 케베데와 베켈레, 무타베가 연속적으로 스퍼트하여 바짝 뒤쫓았다.

그리고 민영은 보았다. 스퍼트를 한 4명의 뒤에서 묵묵히 달려오고 있는 한 선수를.

그는 틀림없는 일본의 이마이 마사토다.

에티오피아와 케냐 선수들에 이어서 이제는 일본 선수까지 태수를 바짝 뒤쫓고 있는 것이다.

민영이 봤을 때 이대로 가면 이마이는 절대로 피니시까지 태수를 잡지 못할 것이다.

이마이는 태수와 거의 비슷한 속도로 60m 정도 거리를 유지한 채 뒤따르고 있다.

지금 태수가 3분 이븐 페이스로 달리고 있다면 민영은 절대로 그와 나란히 달릴 수가 없다.

민영이 전력을 다하지 않았는데도 태수와 나란히 달릴 수 있다는 것은 현재 그의 달리는 속도가 ㎞당 3분 10초 정도로 떨어졌기 때문이다.

민영이 봤을 때 태수는 속도 감각이 무뎌지거나 사라진 것 같았다.

명백한 경험 부족의 결과다. 태수가 최소한 풀코스를 10번만이라도 뛰어봤다면 힘을 적절히 분배해서 지금보다 더 잘할 수 있었을 것이다.

'가혹해⋯⋯.'

태수를 바라보며 달리면서 민영은 자기가, 그리고 타라스포츠가 태수를 너무 몰아붙였다는 자책을 떨쳐 버릴 수가 없었다.

5월에 처음 태수를 만나서 이제 겨우 석 달이 지났을 뿐인데, 그에게 너무 많은 것을 바라고, 그의 어깨에 지나치게 무거운 짐을 올려놓았다.

태수는 자신의 어깨 위에 올려놓은 짐의 무게 때문에 눌려서 압사할 지경이다.

태수는 민영이 나란히 뛰고 있다는 사실을 알 텐데도 그녀를 쳐다보지 않고 묵묵히 달리기만 한다.

그는 지금 최선을, 그리고 전력을 다해서 달리고 있다.

탁탁탁탁⋯⋯.

"하악⋯ 하악⋯ 하악⋯⋯."

기적은 없다. 지금 시점에서 골드코스트마라톤의 기적과 북해도마라톤의 기적을 바라는 것은 무리다.

단 한 가지 기적이라면, 피니시까지 2위 그룹이 추월하지 않기만을 바라는 것뿐이다.

2위 그룹이 스퍼트를 했다고 하지만 km당 3분 정도의 속도에 불과하다.

모두 극도로 지쳤기 때문에 지금 상황에서는 그것도 놀라운 투혼이다.

징관대도의 직선주로가 거의 끝나가는 지점.

탁탁탁탁…….

"하아아… 하아아… 하아아……."

태수는 바로 뒤에서 거친 숨소리가 터져 나오는 것을 들었지만 돌아보지 않고 달리기만 했다.

잠시 후에 키프로티치가 태수의 왼쪽으로 천천히 추월하여 지나갔다.

힐끗 키프로티치를 쳐다보는 태수의 얼굴이 일그러졌다.

몸도 정신도 극도로 지쳐서 이제 감정 따위 사라진 줄 알았는데, 누군가 자신을 추월하고 있다는 사실이 그의 식어버린 감정에 불을 지펴서 분노를 일으켰다. 아니, 분노라기보다는 투혼이다.

탁탁탁탁탁…….

"이이이이… 헉헉헉……."

태수는 추월당하지 않으려고 기를 쓰고 달렸다.

그렇지만 그것은 처절한 몸부림일 뿐이다. 스피드는 나지 않는데 그저 두 팔과 몸만 허우적거리는 것이다.

민영은 그 모습을 보면서 저절로 눈물이 뿌려졌다. 태수의 허우적거리는 모습이 안쓰럽다 못 해서 처절하게 보였다.

그때 앞쪽에서 달려온 통제요원이 태클하듯이 민영의 허리를 두 팔로 감았다.

"오빠!"

더 이상 달릴 수 없는 민영은 통제요원에게 붙잡힌 채 몸부림치면서 안타깝게 외쳤다.

뭘 어떻게 하라고 태수에게 요구할 수가 없다. 그저 오빠! 만 외칠 뿐이다.

그 외침에는 눈물이 진득하게 묻어 있었다.

키프로티치에 이어서 키 158㎝의 케베데가 잰걸음으로 태수 왼쪽을 스쳐 지나갔다.

착착착착착…….

"핫핫핫핫……."

케베데의 발걸음 소리와 숨소리는 보통 사람들하고는 사뭇 달랐다.

그다음에는 베켈레, 무타베의 순서로 태수를 느릿하게 추월해 갔다.

자신을 추월하고 있는 그들을 지켜봐야만 하는 태수의 심정은 말로 표현하지 못할 정도로 참담했다.

태수가 봤을 때 그들의 속도는 ㎞당 3분 남짓.

그래서 더 속이 뒤틀렸다. 자신의 속도가 그보다 훨씬 형편없기 때문이다.

힐끗 뒤돌아보았다. 이마이가 60m 뒤에서 몹시 힘들어하면서 달려오고 있다.

40㎞ 급수대. 이 지점에 이르면 목이 타들어가고 온몸의 수분이 다 증발해서 몸이 푸석푸석한 상황이라 물 생각이 간절해진다.

그렇지만 태수는 3번 스페셜 테이블의 지원요원들이 내밀고 있는 생수병과 음료병을 그냥 지나쳐서 달렸다.

갈증보다도 더 그를 괴롭히고 있는 것이 있기 때문이다. 그것은 바로 열등감과 투혼이다.

탁탁탁탁…….

"하악… 하악… 하악……."

태수의 시선은 점점 멀어지고 있는 4명의 뒷모습에 고정되어 있다.

태수에게 걱정하던 마의 벽은 찾아오지 않았지만 38㎞ 지점부터 극도의 피로감이 몰려와서 그것이 마의 벽이나 다름이 없는 상황이다.

그의 전방 100m쯤에서 앞선 4명이 각축을 벌이고 있다. 그것은 타인들의 전쟁이다.

케베데와 베켈레가 마지막 스퍼트를 하고 있으며, 키프로티치는 추월당하지 않으려고, 무타베는 뒤처지지 않으려고 발악을 하고 있는 모습이 태수의 눈에는 그저 남의 일처럼 보였다.

이제 남아 있는 거리는 1.9㎞ 남짓이다. 이대로라면 태수는 4위로 골인하여 시상대에 오르지 못할 것이다.

아니, 어쩌면 이마이 마사토에게마저 추월당할지도 모른다.

'우라질……'

욕이 목구멍에서 울컥거렸다. 자신을 추월한 4명에 대해서가 아니라 태수 자신의 무력함에 대한 분노가 치밀었다.

그런데 바로 그때 태수는 느닷없이 기분이 몽롱해지는 것을 느꼈다.

그것은 마치 갑자기 찬물을 뒤집어쓴 것 같기도 하고, 술마시는 과정을 생략하고 깡소주를 두어 병쯤 마신 것처럼 몸이 붕 뜨는 느낌이다.

'러너스 하이……'

지금껏 3번 마라톤 풀코스를 뛰는 동안 한 번도 거르지 않고 찾아왔었던 러너스 하이가 하필이면 지금 이럴 때 그에게 몰아쳤다.

그렇다면 러너스 하이가 끝나면 마의 벽도 기다렸다는 듯이 찾아올 것이다.

이건 벼랑 끝에 서 있는 태수를 아예 누군가 뒤에서 발로 힘껏 걷어차 버리는 상황이다.

그러나 어쨌든 러너스 하이에 빠지니까 기분은 좋다.

그저 러너스 하이일 뿐인데도 까짓것 지금 스퍼트를 하면 앞선 4명쯤 충분히 따라잡고 우승할 수 있을 것 같은 자신감이 용솟음쳤다.

힐끗 뒤돌아보니까 마침내 이마이가 스퍼트를 했다. 이제 보니까 이마이는 최후의 체력을 조금쯤 감춰두고 있었던 게 분명하다.

'러너스 하이든 뭐든 달리면 될 것 아닌가!'

문득 그런 생각이 태수의 머리를 쳤다.

러너스 하이는 길면 5분이고 짧으면 3분 내외에 끝난다. 그렇다면 러너스 하이에 빠져 있는 동안 젖 먹던 힘이든 똥 싸는 힘이든 미친 듯이 달려서 우승을 하면 될 것 아니겠는가 라는 생각이 들었다.

'가자!'

그런 생각이 들자마자 태수는 앞뒤 잴 것도 없이 총알처럼 튀어 나갔다.

타타타탁탁탁—

뇌에서 생성된 베타엔돌핀이라는 놈이 마약 중에서도 최고급 마약인 것은 분명하다.

금방까지 다 죽어가던 태수가 스퍼트와 함께 km당 2분 45초의 스피드로 달리기 시작했다.

스퍼트를 한 이마이는 41km까지는 태수를 추월할 수 있을 거라고 생각하고 있다가 느닷없이 태수가 쭉쭉 멀어지니까 멍한 표정을 지었다.

그의 표정은 '뭐 저런 괴물 같은 놈이 다 있어?'라고 말하는 것 같았다.

애당초 이마이 같은 건 신경도 쓰지 않았던 태수는 바람을 가르면서 앞으로, 앞으로 쑥쑥 달려 나갔다.

탁탁탁탁탁…….

"헉헉헉헉헉……."

발걸음 소리는 경쾌하고 숨소리는 가장 기분 좋게 달릴 때의 바로 그 소리다.

태수는 41km 조금 못 미친 곳에서 후미에 처져 있던 케냐의 무타베를 따라잡았다.

추월당한 무타베가 어떤 표정을 짓고 있을지는 궁금하지도 않았다.

그리고 무타베가 아까 출발 직후 어깨로 태수를 밀쳐서 자빠지게 만들 뻔했던 일도 잊어버렸다.

태수 앞 30m 거리에는 방금 전 1위였다가 3위로 처진 키프로티치가 전력으로 질주하고 있다.

그래 봐야 ㎞당 2분 55초 스피드다. 태수는 그보다 10초 이상 빠르다.

태수의 러너스 하이는 절정을 향해 치닫고, 태수의 스피드도 절정으로 달려갔다.

41㎞ 지점에서 태수는 키프로티치를 추월했다.

탁탁탁탁탁—

예전에는 악마의 숨결 같던 러너스 하이가 지금 이 순간만큼은 너무도 고마웠다.

그리고 부디 앞으로 2분 정도만 더 지속해 주기를 간절히 바랬다.

이제 남은 사람은 15m로 좁혀진 전방에서 나란히 달리고 있는 케베데와 베켈레다.

케베데와 베켈레는 뒤에서 태수가 무서운 속도로 거리를 좁혀 오고 있는 줄도 모르고 둘이서 선두 경쟁이 치열하다.

케베데와 베켈레의 속도는 풀코스 마지막 1㎞를 남겨둔 시점에서도 2분 50초를 기록하고 있다. 과연 세계적 거물로 불리기에 손색이 없는 실력이다.

타타타탁탁탁……

"헉헉헉헉헉······."

태수가 3m 뒤까지 바짝 추격하고 있을 때 케베데와 베켈레는 동시에 뒤돌아보고서 깜짝 놀라는 표정을 지었다.

그들이 주춤하는 사이에 태수는 왼쪽에서 나란히 달리기 시작했다.

이제 남은 거리는 500m다. 200m 앞에 골인 장소인 새둥지 모양의 귀자티위창종합경기장의 입구가 웅장한 모습으로 버티고 있다.

괴물의 아가리 같은 저 입구로 들어가서 트랙을 반 바퀴 돌아 피니시에 골인하는 것이다.

그리고 가장 먼저 골인하는 사람은 태수가 돼야만 한다.

탁탁탁탁탁······.

"학학학학······."

"핫핫핫핫핫······."

왼쪽부터 태수와 케베데, 베켈레는 한 치의 양보도 없이 전력 질주를 했다.

케베데와 베켈레는 도대체 41㎞를 달려온 사람이라고는 믿어지지 않을 정도의 스피드로 질주했다.

방금 전까지만 해도 케베데와 베켈레는 ㎞당 2분 50초 페이스였는데 지금은 2분 45초 페이스까지 올려서 태수와 나란히 달리고 있다.

'이익! 지지 않는다!'

태수는 자신의 5가지 주법 중에서 최고의 스피드를 낼 수 있는 3번 주법으로 전환하여 달려 나갔다.

탁탁탁타—

"학학학학……."

태수는 모르고 있지만 현재 상황을 중계하고 있는 세계 유수의 각 방송사의 해설자들은 태수가 km당 2분 30초의 경이적인 속도로 달린다고 입에 거품을 물고 있는 중이다.

km당 2분 40초로 속도를 높인 케베데와 베켈레 왼쪽에서 태수가 쭉쭉 달려 나가며 거리를 벌었다.

1분 사이에 선두 태수와 케베데, 베켈레와의 거리가 30m 이상 벌어졌다.

보통 이런 상황이 되면 2위 그룹은 맥이 빠져서 속도가 뚝 떨어지게 마련인데 케베데와 베켈레는 포기하지 않고 km당 2분 40초의 속도를 유지한 채 계속 달렸다.

탁탁탁타탁…….

"하악… 학학학학……,"

마침내 태수는 가장 먼저 귀자티위창종합경기장 입구로 힘차게 달려 들어갔다.

"와아아아—!"

와르르르르—

그 순간 관중석을 가득 메운 관중들이 일제히 우레 같은 환호와 박수로 태수를 맞이했다.

42.195㎞ 기나긴 대장정을 악전고투로 달려와서 가장 먼저 경기장에 들어선 선수에게 보내는 경의의 표시다.

관중들은 거의 다 일어나서 열렬한 환호와 갈채를 보내면서 동방의 작은 나라에서 바다를 건너온 한국 남아가 일으키고 있는 거대한 기적에 찬사를 아끼지 않았다.

탁탁탁탁탁……

"학학학학……"

트랙을 달리고 있는 태수는 관중의 환호와 박수 소리에 귀가 먹먹했다.

태수는 운동장 반대편 피니시 지점을 쳐다보았다.

이제 피니시까지 남은 거리는 150m남짓. 저기까지만 가면 두 번 다시 뛰고 싶지 않은 베이징 시내의 악몽이 막을 내린다.

'아… 안 돼……'

그런데 그때 태수는 러너스 하이가 사라지는 것을 느끼고 아찔해졌다.

마약에 마취된 것만 같았던 최상의 컨디션이 서서히 사라지면서 온몸 구석으로부터 공포스러운 고통의 조짐이 악마의 입김처럼 스멀스멀 피어올랐다.

아니, 사실 태수는 운동장에 들어서는 순간부터 달리는 속도가 늦어지고 있었다. 그걸 머리가 조금 늦게 각성하고 있을 뿐이다.

러너스 하이가 사라지는 각성은 무지하게 빨리 찾아왔다.

그의 달리는 속도가 뚝뚝 떨어지는 것과 동시에 다리가 휘청거렸다.

러너스 하이가 사라지는 것과 동시에 치 떨리는 마의 벽이 찾아든 것이다.

이놈의 지랄 같은 한태수의 운명이란 것은 정말 되는 게 없다. 하필이면 피니시를 코앞에 두고 마의 벽이라니…….

턱턱턱턱…….

"으헉헉… 커억… 헉헉헉……."

발걸음 소리는 불규칙하고 숨소리는 거칠기 짝이 없다.

와아아아ㅡ!

함성 소리가 갑자기 커졌다.

태수가 힐끗 뒤돌아보니까 입구로 베켈레가 달려 들어오고 있으며 그 뒤로 케베데가 바짝 뒤쫓는 모습이 보였다.

태수와 베켈레와의 거리는 불과 20m.

앞으로 남은 거리는 130m.

우와아아아ㅡ

함성이 더욱 커지고 있다. 뒤돌아보지 않아도 베켈레와 케베데가 스피드를 높여서 태수를 더욱 가깝게 뒤쫓고 있다는 의미일 것이다.

'침착하자… 태수야… 침착하자…….'

온몸이 갈가리 찢어지는 듯한 고통과 단 한 움큼의 힘조차 끌어낼 수 없는 상황에서 태수는 자신을 다독였다.

'뒤돌아보지 말고 여기에서 지금 나 혼자만 달리고 있다고 생각하자.'

태수는 스스로를 위로하면서 지금 상황이 베이징세계육상선수권대회에서 피니시를 향해 달려가는 것이 아니라 부산 집 앞의 수영강변 자전거도로에서 편안하게 새벽 조깅을 하고 있는 중이라고 자신에게 최면을 걸었다.

탁탁… 탁탁탁…….

"헉헉헉헉……."

조깅은 빠른 속도로 달리지 않는다. 원래 태수가 수영강변 자전거도로에서 하는 조깅은 ㎞당 4분 페이스다.

코너를 돌고 직선주로가 나타났다. 피니시까지는 이제 겨우 100m를 남겨두었을 뿐이다.

그렇지만 태수의 눈에는 골인 지점의 아치와 그곳에서 기다리고 있는 수많은 사람이 보이지 않았다.

그 대신 꽃향기를 품은 수영강변의 기분 좋은 강바람이 느껴졌고 잔잔하게 흐르는 검푸른 강물이 보였다.

마인드 컨트롤이다. 지금으로썬 태수가 할 수 있는 최선의 방법이다.

그로 인해서 그는 서서히 온몸을 찢어발기는 고통에서 벗어나 편안한 조깅을 하게 되었다.

탁탁탁탁탁…….

"하앗! 하앗! 하앗!"

피니시를 50m 남겨둔 지점에서 트랙의 가장 안쪽을 달리고 있는 태수를 베켈레가 준족을 자랑하듯 이상한 숨소리를 내면서 오른쪽에서 느릿하게 스쳐 지나갔다.

와아아아—

천둥소리 같은 함성이 터지면서 케베데도 태수 옆을 마치 기차의 차창 밖으로 내다보이는 경치처럼 지나쳐갔다.

베켈레와 케베데와의 거리는 5m 정도.

선두 베켈레가 달리는 속도를 늦추지 않은 상태에서 오른손을 들어 흔들면서 승리를 자축하고 관중의 환호에 화답하고 있었다.

태수는 수영강변 자전거도로에서 조깅을 할 때면 언제나 마지막 1㎞를 남겨두고 젖 먹던 힘을 다 끌어 올려서 전력 질주를 하곤 했었다.

이제 그는 조깅을 마무리하고 전력 질주를 할 때라고 생각했다.

타타타타탁—

"학학학학……"

순식간에 그의 속도가 ㎞당 2분 35초 페이스로 올라갔다.

태수는 앞에서 알짱거리는 케베데를 응시하면서 일그러진 얼굴에 흐릿한 미소를 떠올렸다.

'비켜라, 꼬마야.'

타타타탁—

순식간에 케베데를 앞질렀다.

베켈레는 뒤에서 벌어지고 있는 상황을 모르고 있었다.

베켈레는 케베데만을 경계하고 있다. 그의 앞에 남은 거리는 20m 남짓이다.

남은 거리가 15m로 줄어들었을 때 승리를 확신한 베켈레는 두 손을 번쩍 치켜들고 무의식적으로 뒤돌아보았다.

탁탁탁탁탁—

베켈레는 3m 뒤에서 태수가 무서운 속도로 달려오는 모습을 발견하고 소스라치게 놀랐다.

순간 베켈레는 마치 악마를 본 것처럼 땀으로 범벅된 얼굴에 공포가 떠올랐다.

베켈레가 두 손을 내리고 다시 앞을 쳐다보고 있을 때 태수가 그의 옆을 느릿하게 지나치기 시작했다.

탁탁탁탁……

"학학학학학……."

정신이 번쩍 든 베켈레가 속도를 더욱 높였을 때 태수는 5m 앞으로 달려 나가고 있으며 피니시까지의 거리는 불과 7m를 남겨두었다.

태수의 수영강변 마인드 컨트롤의 약발이 거의 떨어져 가고 있을 때 베켈레가 그의 오른쪽으로 머리를 내밀었다.

힐끗 베켈레를 본 태수는 순간적으로 점프를 하듯이 트랙을 박찼다.

타닷—

발뒤꿈치로 엉덩이를 힘껏 차면서 한 걸음 보폭이 무려 2m가 넘는 큰 걸음으로 성큼성큼 달려 나갔다.

태수의 머리가 피니시라인의 테이프를 끊었으며 바닥의 센서가 삐이— 하고 울었다.

쿵!

삐이—

태수가 바닥에 엎어지고 나서 베켈레가 피니시에 골인했다는 센서의 버저가 울렸다.

불과 2초 차이였다.

"하아악! 하아악! 하아악!"

엎어졌던 태수는 몸을 뒤집어 바닥에 드러누운 자세에서 허파가 터질 듯 가쁜 숨을 몰아쉬었다.

그의 눈앞에 베이징의 뿌연 스모그가 떠 있지만, 그가 보고 있는 것은 부산 수영강이 광안리 바다와 만나는 곳 먼 바다에서 힘차게 떠오르는 불타는 듯한 멋진 일출이다.

"하악! 하악! 하악! 이겼다……."

제15장
10,000m

부웅―

민영은 귀자티위창종합경기장으로 향하는 대회 차량 안에서 휴대폰으로 DMB를 보고 있는 중이다.

이른 아침부터 시작한 마라톤대회 때문에 시내 중심가의 교통을 통제했기 때문에 빙빙 돌아서 경기장까지 오는 길이 정체를 서 있고 있는 실정이나.

휴대폰 화면에는 귀자티위창종합경기장 트랙에서 태수가 자신을 추월한 베켈레와 케베데를 다시 추월하고 있는 광경이 나오고 있으며, KBS 캐스터의 절규하는 듯한 외침이 터지고 있다.

　―아아… 한태수 선수! 케베데에 이어서 베켈레까지 추월했습니다! 골인까지 남은 거리는 불과 7m! 6m! 5m! 아앗! 베켈레가 한태수 선수를 따라붙고 있습니다! 한태수 선수 마지막 힘을 내야만 합니다! 한태수 선수우우!

　민영은 휴대폰을 두 손으로 꼭 붙잡고 고개를 숙인 채 눈을 부릅뜨고 화면을 주시하고 있다.

　뒷자리 민영 옆에 앉아 있는 심윤복 감독은 민영의 휴대폰 화면을 볼 생각도 하지 못한 채 두 손으로 머리를 감싸고 앞 좌석에 이마를 대고 있다.

　심윤복 감독은 차마 휴대폰 화면을 볼 수가 없다. 보고 있으면 심장마비를 일으킬 것만 같다.

　그저 KBS 캐스터가 바락바락 악을 쓰고 있는 소리만 들어도 충분히 격동하고 있는 중이다.

　―한태수 선수와 베켈레가 나란히 달리고 있습니다! 와앗! 한태수 선수 갑자기 총알처럼 튀어 나갑니다!

　캐스터의 절규에 심윤복 감독은 앞 시트에서 번쩍 이마를 떼고 민영의 휴대폰을 쳐다보았다.

─골~ 인─! 골~ 인─! 한태수 선수 마침내 간발의 차로 베켈레를 젖히고 1위로 골인했습니다아~! 베켈레가 뒤를 이어 골인했습니다아~! 역사적인 순간입니다! 이건 꿈이 아닌 현실입니다! 한태수 선수가 한국인으로는 최초로 세계육상선수권대회 마라톤에서 1위로 골인했습니다아! 국민 여러분! 기뻐해 주십시오!

민영은 휴대폰 화면을 보면서, 심윤복 감독은 민영의 팔 때문에 보이지 않는 휴대폰 쪽으로 시선을 준 상태에서 둘 다 그 자리에 굳어버렸다.

고개를 숙이고 있는 민영의 두 눈에서 눈물이 뚝뚝 떨어져 휴대폰을 적셨다.

심윤복 감독의 주름진 얼굴도 온통 눈물투성이다. 그는 부들부들 몸을 떨면서 얼굴이 일그러졌다.

민영이 천천히 고개를 들고 심윤복 감독을 쳐다보는데 눈에서 닭똥 같은 눈물이 펑펑 흘러내렸다.

심윤복 감독은 민영을 보며 웃으면서 울고 있다.

어느 순간 두 사람은 와락 서로를 부둥켜안으면서 울음을 터뜨리고 말았다.

"으앙~! 오빠가 해냈어요!"

"흐어엉~! 태수 이놈이 해냈어!"

베이징세계육상선수권대회 첫날 첫 경기인 마라톤에서 대회 신기록이 나왔다.

기존 기록은 2009년 제 12회 베를린세계육상선수권대회에서 아벨 키루이가 세운 2시간 6분 54초였다.

키루이는 2년 후인 2011년 대한민국 대구에서 열린 세계육상선수권대회 마라톤에서도 우승하여 2연패를 이루었으나 이번 대회에서는 입상권에도 들지 못했다.

태수는 이번 대회에서 2시간 5분 44초의 기록으로 우승하며 키루이의 기록을 1분 10초 앞당겼다.

그리고 태수가 종전에 갖고 있던 2시간 6분 12초의 아시아 신기록도 28초 경신했다.

오전 10시 40분.

베이징 귀자티위창종합경기장에서 첫날 첫 경기로 열린 마라톤대회 시상식이 벌어지려고 한다.

베이징보다 한 시간 빠른 11시 40분의 대한민국은 온통 정적이 흐르고 있는 듯하다.

토요일 점심시간 전인 대한민국의 거의 모든 국민이 TV 앞에 모여서 역사적이고 감격적인 장면을 시청하고 있다.

나중에 집계된 바에 의하면 이때 시청률이 65%를 기록했다고 한다.

올림픽 마라톤에서는 고 손기정 선생과 황영조가 두 차례 금메달을 목에 걸었던 적이 있었지만, 세계적인 마라토너들의 전쟁터라고 할 수 있는 세계육상선수권대회 마라톤에서 한국인이 우승을 한 것은 역사상 최초다.

힘차게 굴러가던 대한민국의 수레바퀴가 이 순간만큼은 잠시 멈춰서 역사에 길이 남을 명장면을 시청하고 있다.

귀자티위창종합경기장 트랙 안쪽 시상대 뒤에 마라톤에서 우승한 태수와 2위 베켈레, 3위 케베데가 나란히 서 있다.

세 사람의 양쪽과 뒤쪽에는 이번 대회의 미끈한 미녀 시상 도우미들이 메달과 꽃다발이 담긴 금, 은, 동 3가지 색깔의 바구니를 두 손으로 떠받들고 서 있다.

장내 아나운서가 중국어에 이어서 영어로 오늘 마라톤 우수자 태수를 소개하고 있다.

"뉴 월드챔피언쉽 마라톤 레코드! 뉴 월드 챔피언! 코리아! 한태수!"

와아아—

짝짝짝짝—

경기장이 떠나갈 듯 천둥 같은 함성과 박수 소리가 귀가 먹먹하게 울려 퍼졌다.

안내 도우미가 태수 앞으로 다가와 시상대에 오르라는 손짓을 했다.

그런데 태수는 시상대에 오르지 않고 뒤돌아섰다.

태수 앞에는 경기장 트랙이 있고 그 너머 30m쯤 거리 관중석 맨 앞줄에 심윤복 감독과 민영, 신나라, 윤미소, 나순덕 등이 나란히 앉아서 태수를 바라보고 있다.

태수는 갑자기 그 자리에 무릎을 꿇고 큰절을 올렸다.

그가 절하고 있는 방향 맨 앞줄에 민영과 심윤복 감독 등이 앉아 있지만 그 절이 심윤복 감독에게 올리고 있는 것이라는 사실을 모두 알고 있다.

심윤복 감독은 머리에 벼락을 맞은 것처럼 후드득 몸을 떨더니 태수를 바라보면서 아무 말도 하지 못하고 그저 굵은 눈물만 뚝뚝 흘렸다.

심윤복 감독은 지금 이 순간 생애 최고의 기쁨과 감동을 맛보고 있었다.

와르르르—

짝짝짝짝—

경기장에 운집한 수만의 관중이 그 광경을 보면서 우레 같은 박수를 터뜨렸다.

그리고 같은 시간 대한민국에서는 수많은 국민들이 그 광경을 보며 감동의 눈물을 흘렸다고 전해졌다.

시상대 중앙 가장 높은 곳에 타라스포츠의 최고급 운동복을 입고 가슴에 태극기를 붙인 태수가 목에 반짝이는 금메달을 걸고 우뚝 서 있다.

타라스포츠로서는 태수가 움직이는 광고판이다. 태수가 이번에 달성한 쾌거로 타라스포츠는 다시 한 번 브랜드 파워를 만방에 떨치게 될 것이고 매출은 천정부지로 치솟을 것이 분명하다.

태수 오른쪽에는 베켈레, 왼쪽에는 케베데가 각각 은메달과 동메달을 목에 걸고 서 있다.

경기장 한편에서 대형 태극기가 펄럭이며 천천히 오르기 시작하면서 궈자티위창종합경기장에 애국가가 웅장하게 울려 퍼졌다.

동해물과 백두산이 마르고 닳도록 하느님이 보우하사 우리나라 만세.

태수는 오른손을 왼쪽 가슴에 대고 애국가를 불렀다.
그런데 태수로서는 예상하지 못했던 일이 생겼다. 애국가가

울려 퍼지고 또 애국가를 부르는 도중에 갑자기 눈물이 흐르기 시작한 것이다.

애국심이라는 것은 군대에 있을 때 있는 둥 없는 둥 가져본 게 전부였는데, 지금 느닷없이 애국가를 부르면서 눈물이 흐르는 이유를 도통 모르겠다.

시상식이 끝나고 나서 태수는 베켈레, 케베데와 함께 기념 촬영을 했다.

베켈레와 케베데가 태수에게 악수를 청하면서 뭐라고 영어로 말했는데 '베를린' 어쩌고 하기에 태수는 '베를린마라톤대회' 때 만나자는 뜻으로 알아듣고 고개를 끄떡이며 '예스'라고 대답해 주었다.

시상대에서 내려온 태수는 금메달을 목에 걸고 꽃다발을 손에 쥔 채 트랙을 건너 관중석 스탠드 쪽으로 걸어갔다.

관중석 맨 아래 앞줄에 있던 민영과 심윤복 감독 등이 우르르 계단을 통해 트랙으로 내려왔다.

민영과 심윤복 감독은 태수가 출발한 직후부터 대회 차량으로 그를 뒤쫓았기 때문에 그가 골인하는 장면을 직접 보지 못하고 차 안에서 휴대폰의 DMB 작은 화면으로 보고 감격에 몸부림쳤었다.

민영은 태수가 트랙을 가로질러 걸어오는 것을 보고는 제일 먼저 계단을 뛰어 내려갔다.

"오빠!"

태수가 42.195㎞를 달리면서 겪었던 희로애락을 가장 가까이에서 절절하게 느꼈던 민영은 걸어오는 태수를 보자 아무 생각도 나지 않고 그저 그를 힘껏 안아주고 싶다는 생각만 머릿속에 가득했다.

"오빠!"

아까 39㎞ 지점 도로변에서 태수를 따라 죽어라고 달리면서 외쳤던 오빠! 소리만 연발하면서 민영은 트랙을 내려와 그에게 달려들었다.

태수는 민영의 심정을 십분 이해하고도 남았다. 태수 자신이 지옥까지 갔다가 돌아온 심정이라면, 민영은 지옥 문턱까지 따라간 기분일 것이다.

태수가 두 팔을 활짝 벌리자 민영은 울음을 터뜨리면서 그의 품에 안겼다.

"오빠!"

두 사람은 서로를 꼭 끌어안았다.

파파파파팟! 파파팟!

수많은 취재진이 기다렸다는 듯이 두 사람의 뜨거운 포옹 장면을 향해 플래시를 터뜨렸다.

그리고 대한민국을 비롯한 각국 방송사의 카메라들은 이

장면을 실황으로 중계했다.

민영은 흐르는 눈물로 태수의 어깨를 흠뻑 적시면서 그의 귀에 대고 흐느끼며 속삭였다.

"오빠."

태수는 민영을 포옹한 지금에 와서야 자기가 우승을 했다는 사실이 어느 정도 실감났다.

"사랑해."

민영이 입을 태수 귀에 대고 뜨거운 숨결을 토해내면서 사랑을 고백했다.

"나 오빠 아니면 안 된다는 사실을 깨달았어… 정말이야. 사랑해, 오빠."

태수는 마음이 흔들리는 것을 느꼈다. 혜원을 사랑하는 마음이 강하지만 그녀는 너무 멀리 있고 반면에 민영은 언제나 태수 가까이에서 기쁨과 고통을 함께 나누고 있다.

슥—

태수는 묵묵히 민영을 품에서 떼어냈다.

그러고는 주위를 두리번거리다가 트레이닝복을 입고 심윤복 감독 옆에서 빙그레 미소 짓고 있는 손주열을 발견했다.

"주열아, 어떻게 됐니?"

태수가 다가가면서 묻자 손주열은 벙긋 웃었다.

"8위 했다."

"야아… 주열이 너!"

심윤복 감독이 환하게 웃으면서 손주열의 어깨에 손을 얹으며 거들었다.

"2시간 9분 32초다. 주열이 이놈 자기 기록을 1분 17초나 앞당겼어."

태수는 환하게 웃으면서 손주열을 덥석 끌어안았다.

"축하한다! 주열아!"

포옹을 풀고 나서 손주열은 진심 어린 표정으로 말했다.

"태수 네 덕분이다. 네 작전이 아니었으면 10위 안에 든 거나 9분대 기록 같은 건 어림도 없었다. 고맙다, 태수야."

태수는 겸손한 얼굴로 심윤복 감독을 쳐다보았다.

"내가 뭘… 감독님 덕분이지."

"아… 그래."

손주열은 실언을 깨닫고 얼굴이 빨개져서 전전긍긍하다가 심윤복 감독에게 넙죽 허리를 굽혔다.

"죄… 송합니다, 감독님."

"아니다. 나는 너희들 훈련을 시켰을 뿐이고 작전은 태수에게 맡겼었다. 태수 공이 맞다."

태수가 손주열을 슬쩍 꾸짖었다.

"거봐라. 감독님 삐치셨다."

탁!

"하하하! 이놈이 누굴 밴댕이 소갈딱지로 아나?"

심윤복 감독이 웃으면서 태수의 등을 쳤다.

"선배님."

그때 신나라와 윤미소, 나순덕이 태수 앞에 다가왔다.

신나라가 쭈뼛거렸다.

"정말 존경스러워요. 잘하셨어요."

"고마워."

무테안경을 쓴 윤미소는 눈물을 글썽였다.

"너 고생하면서 달리는 거 보다가 숨이 끊어지는 줄 알았어."

경기장 대형 TV로 마라톤 실황을 중계하는 것을 본 것이다.

윤미소는 가까이 다가와서 태수의 어깨를 쓰다듬었다.

"태수 너 정말 존경스러워. 달리 보여."

태수는 벙긋 웃었다.

"미소 너도 달리 보여."

"왜?"

"안경 써서."

"이게."

윤미소는 태수에게 때리는 시늉을 했다.

그때 생각지도 않았던 이마이 마사토가 태수에게 다가왔다.

그는 태수 앞에 서서 정중하게 말했다.

"오메데또오고자이마스."

태수가 의아한 표정을 짓는 걸 보고 민영이 통역해 주었다.

"축하한대."

슥―

이마이가 태수에게 오른손을 내밀었다.

"아나따와마코토노위나데스."

"오빠가 진정한 승자래."

태수는 이마이의 손을 잡았다.

"당신도 훌륭했습니다."

"아나따모스바라시이데시따."

민영의 통역에 이마이는 얼굴을 붉히며 손을 내저었다.

태수의 인터뷰가 길어져서 일행은 12시가 넘어서야 숙소로 돌아와 점심 식사를 했다.

"아… 난 지금부터 한숨 잘 테니까 무슨 일이 있어도 깨우지 마라."

오늘 아침부터 봄과 마음고생이 심했던 심윤복 감독은 점심 식사가 끝나자마자 자신의 방으로 들어가 버렸다.

모두들 쉬러 각자의 방으로 흩어지고 나서 태수가 은밀하게 민영을 불러서 같은 층의 휴게실로 데리고 갔다.

민영은 아까 경기장에서 자기가 태수와 포옹하면서 사랑한다고 말한 것에 대해서 그가 무슨 말을 할지도 모른다는 짐작을 하고는 조금 긴장했다.

"민영아."

태수는 휴게실 작은 소파 맞은편에 앉은 민영을 조용한 목소리로 불렀다.

"응?"

"부탁이 있다."

"뭐든지 말해봐. 오빠가 내 목숨을 달라고 해도 줄게."

사랑한다고 말한 것에 대한 대답이 아니라서 조금 실망했지만, 민영은 상체를 태수 쪽으로 숙이면서 아주 진지한 표정을 지었다.

'목숨이라도 주겠다'는 민영의 뜻밖의 말에 태수는 조금 당황했다.

그렇게까지 말하는 민영의 진심을 조금쯤 알 것 같기 때문이다.

태수는 차분한 얼굴로 조용히 말했다.

"10,000m에 나가겠다."

"……."

민영은 놀라지도 않고 어리둥절한 표정을 지었다.

"10,000m 경기 일정이 바뀌었어?"

"아니, 오늘 밤 8시 50분 그대로야."

"그런데 거기에 나가겠다는 거야?"

"그래."

"오빠 제정신이야?"

"제정신이다."

"안 돼!"

민영은 언성을 높이면서 딱 잘라서 말했다.

태수는 표정의 변화 없이 물끄러미 민영을 바라보았다.

"왜 안 되는지 이유를 말해봐."

"몰라서 물어?"

민영은 세상 사람들이 다 알고 있는 걸 왜 오빠만 모르냐는 듯한 답답하다는 표정을 지으며 손바닥으로 테이블을 탁탁 두드렸다.

"오빠 아침에 마라톤을 뛰고서 기진맥진, 아니, 반죽음 상태가 됐었어. 그런데 같은 날 저녁에 10,000m를 뛰겠다니 말이돼? 그러다가 골병들어."

민영이 흥분하는데 반해서 태수는 차분했다.

"내 몸은 내가 안다. 뛸 수 있어."

"오빠 정말……."

"민영아. 넌 꽉 막히지 않고 트인 여자다. 그래서 너한테 부탁하는 거다."

태수 말처럼 민영은 현명한 여자다. 그녀는 태수가 이러는 데에는 반드시 무슨 이유가 있을 것이고 뭔가 대책 같은 것도 있을 것이라는 생각이 들었다.

민영은 단단한 표정을 지으며 태수를 똑바로 쳐다보았다.

"그럼 날 이해시켜 봐."

태수는 민영의 허락이 떨어진 직후에 자기 방으로 한숨 자러 갔다. 피로 회복에는 잠이 최고다.

민영은 태수의 말도 안 되는 논리에 설득당한 것이 아니라 끝내 그의 고집을 꺾지 못했다.

민영은 태수가 오늘처럼 고집을 부리는 것은 처음 봤다. 그리고 그의 고집이 쇠심줄보다 질기다는 사실을 알고는 결국 두 손 들 수밖에 없었다.

타라스포츠와 태수와의 계약서 내용에는 계약 기간 동안 태수는 자기 임의대로 육상대회에 나갈 수 없으며 반드시 타라스포츠의 동의가 필요하다고 명시되어 있다.

잠정 총괄본부장인 민영이 타라스포츠이고 또한 갑(甲)이며 태수가 을(乙)의 신분이라는 것은 두말할 필요도 없다.

민영이 '노'라고 하면 태수는 10,000m에 나갈 수 없다. 그리고 민영은 당연히 그랬어야만 했다.

태수를 10,000m에 출전시키면 국내외 여론과 국민들의 질타가 소나기처럼 쏟아질 것이다.

그것도 그거지만 민영으로서도 태수가 걱정돼서 내보내고 싶지 않았다.

그렇지만 민영은 태수의 한마디에 무너지고 말았다.

"지금 아니면 내가 세계육상선수권대회에서 10,000m를 언제 뛰어보겠냐?"

                *   *   *

태수는 딱 2시간 동안 죽은 것처럼 푹 자고는 알람 소리에 깨어났다.

민영은 한국에서 데려온 타라스포츠 소속 전문 마사지사 2명에게 태수를 맡겨서 육체적인 피로를 최대한 회복시키도록 했다.

남녀 혼성 마사지사 2명은 태수에게 짧은 팬티만 입히고 마사지용 침대에 눕힌 뒤에 서너 가지 오일을 온몸에 발라주고 머리끝에서 발끝까지 정성껏 마사지를 해주었다.

태수는 선수들에게 연습장으로 제공된 실내체육관으로 가서 트레이닝복을 벗어 벤치에 놓고 팬츠와 싱글렛 차림으로 트랙에서 몸을 풀었다.

현재 시간 오후 5시 40분. 10,000m 결승 경기가 있는 8시 50분까지는 3시간 남짓 남았다.

태수는 10분 정도 조깅으로 트랙을 몇 바퀴 돌았다.

탁탁탁탁…….

민영이 만약 태수의 지금 뛰는 모습을 봤다면 아침에 마라톤 풀코스를 전력을 다해서 뛰어 초주검 상태가 된 사람이라고는 생각하지 못할 것이다.

현재의 태수는 몸 외적(外的)으로는 거의 문제가 없다. 강훈련을 할 때는 하루에 80km도 거뜬하게 소화하고 다음 날 아무렇지도 않았었다.

더구나 충분한 수면과 마사지, 휴식을 취했으므로 다리를 비롯한 몸의 외적인 것에 문제가 있을 리 없다.

있다면 내적(內的)인 것이다. 우선 아침의 마라톤 풀코스로 체내의 글리코겐이 고갈됐었다. 그리고 피로의 앙금이 아직 누적되어 있을 것이다.

풀코스 전력 질주에서 입은 대미지는 한나절의 휴식으로는 풀어지지 않는다.

아침에 마라톤 골인 직후 닥터 나순덕이 직접 처방하고 조제한 영양식과 특수 과일 야채 쥬스, 음료를 보충했고 점심 식사 때 단백질을 충분히 먹어두었는데, 그것이 오늘 밤

10,000m 경기 때 얼마나 효력을 발휘할지는 아직 미지수다.

탁탁탁탁…….

아까 주로로 달려드는 열혈팬을 피하다가 왼쪽 무릎이 삐 끗했었는데 지금은 괜찮다. 다행이다.

㎞당 4분 페이스로 조깅을 하던 태수는 조금씩 속도를 높여갔다.

지금 태수가 달리는 폼이나 주법은 마라톤 때 이븐 페이스로 달리는 주법하고는 다르다.

마라톤은 스퍼트를 할 때를 제외하고는 거의 전 구간을 이븐 페이스로 달린다.

태수는 오늘 아침에 치렀던 마라톤에서 2개의 새로운 주법을 개발했었다.

그중 하나는 내리막주법이고 다른 하나는 보폭을 짧게 하고 주행회수를 20회 이상 늘린 이른바 피치주법이다. 이 2개의 주법을 보태서 5개의 주법을 갖게 되었다.

태수는 오늘 밤에 치를 10,000m 경기에서 세 번째 주법 한 가지만을 사용하기로 마음먹었다.

세 번째 주법은 마라톤에서 최고 스피드를 낼 때 사용하는 것이며, 최대 보폭을 185m, 주행회수를 180~182회로 해서 ㎞당 2분 40초 이상의 스피드를 낸다.

태수의 주종목은 마라톤이라서 훈련의 80% 이상을 거기에 맞췄고 또한 나머지 20%는 5,000m 훈련을 했었다.

그렇지만 태수는 10,000m도 어차피 육상의 한 종목이고 달리는 것으로 승부를 내는 것이라서 크게 다르지 않을 것이라고 생각한다.

태수는 10,000m 훈련이 미흡했지만 올림픽이나 세계육상선수권대회, 다이아몬드육상대회 등의 5,000m와 10,000m 경기 동영상을 많이 보면서 나름대로 면밀히 분석하면서 부족한 훈련을 채웠다.

이번 대회 10,000m에서 태수는 세 번째 주법을 탄력적으로 사용하려고 한다.

말하자면 세 번째 주법, 일명 스피드주법을 기본 베이스로 깔고 때에 따라서 그것에 조금씩 변화를 줘서 사용하겠다는 것이다.

간단하게 말해서 5,000m는 5㎞이고, 10,000m는 10㎞다. 그러니까 태수가 마라톤대회에서 5㎞나 10㎞ 스퍼트를 할 때와 별반 다르지 않을 것이다.

탁탁탁탁탁……

태수가 점점 스피드를 높여서 트랙을 달리고 있을 때 신나라가 가벼운 트레이닝복 차림으로 트랙 바깥쪽 출입구로 들어서다가 태수를 발견하고 깜짝 놀라는 표정을 지었다.

신나라는 반가운 표정을 짓더니 자기는 달리지 않고 태수의 달리는 모습을 유심히 지켜보았다.

신나라는 태수가 자신의 세 번째 주법으로 달리고 있는 것을 즉시 알아차렸다.

그녀가 봤을 때 태수의 현재 속도는 km당 2분 40초쯤 되는 것 같으며 점점 빨라지고 있었다.

그녀는 2분 정도 태수를 지켜보다가 잠시 사라지더니 스톱워치와 줄자를 갖고 다시 나타났다.

그러고는 조금 전보다 속도가 빨라진 태수가 트랙의 출발선을 밟고 지나가자마자 곧장 달려가서 방금 그가 디딘 보폭을 줄자로 재보았다.

신나라는 깜짝 놀라는 표정을 짓고는 이번에는 스톱워치를 눌러서 태수의 분당 발걸음, 즉 주행회수를 쟀다.

타타타타탁—

태수는 최고의 스피드로 트랙을 질주했다.

현재 그는 10,000m 모의훈련을 하고 있다. 10,000m의 5분의 1인 2km를 달려서 시간을 측정해 보려는 것이다.

10,000m를 가정하여 2km로 축소해서 달렸기 때문에 여기에서 나오는 기록에 곱하기 5를 하면 예상 기록이 나올 것이라고 간단하게 생각했다.

다다다다탁—

마라톤 때 스퍼트하는 것과는 자세가 조금 다르다. 마라톤 때는 아스팔트의 노면 상태가 고르지 않아서 조심을 하지만 트랙에는 자잘한 돌멩이 하나도 없기 때문에 달리는 것이 거침없다.

또한 마라톤 때는 상체를 꼿꼿하게 세운 자세에서 흔들림 없이 달리는데, 지금은 발걸음을 힘껏 내디딜 때마다 상체가 좌우로 조금씩 흔들리고 젖혀진다.

두 팔을 최대한 크게 앞뒤로 흔들어 거기에서 추진력을 얻기 때문에 왼발을 내디딜 때는 오른쪽 어깨가 뒤로 가고, 오른발일 때는 왼쪽 어깨가 9시 방향으로 활짝 열린다.

타타타타탁—

신나라는 태수가 최고 스피드일 때 다시 그가 디딘 출발선에서부터의 보폭을 줄자로 재고 또다시 스톱워치로 시간을 쟀다.

타타탁…….

"헉헉헉헉……."

태수는 2㎞ 모의시험을 끝내고 트랙을 천천히 한 바퀴 돌고는 신나라 앞에서 멈추었다.

신나라는 양손에 줄자와 스톱워치를 들고 태수 앞에 다가와서 놀라는 얼굴로 말했다.

"선배님, 마지막 바퀴 때 보폭이 198㎝였고 분당 주행회수는 205회였어요."

태수는 묵묵히 자신의 손목시계를 들여다보는데 신나라는 흥분해서 목소리를 높였다.

"엄청난 속도였어요! 굉장해요!"

신나라는 태수가 오늘 밤에 벌어지는 10,000m 경기에 나간다는 사실을 모르고 있다.

태수는 마지막 한 바퀴를 잰 시간이 58.72초로 나온 것 때문에 오늘 밤 경기에서의 작전을 조금 수정해야겠다고 생각했다.

"선배님! 이 정도 속도라면……."

슥—

"나라야, 조용해라."

태수는 신나라 머리에 손을 얹으면서 주의를 주었다.

"네."

태수는 신나라하고 나란히 걸어서 트랙을 나가려다가 출입구 옆에서 한 명의 동양 선수가 팔짱을 끼고 서서 자신을 힐끔 쳐다보는 것을 발견했다.

동양 선수는 트레이닝복을 입고 있는데 왼쪽 가슴에 조그맣게 일장기가 붙어 있다. 즉 일본 선수라는 얘기다.

마른 체구에 턱이 뾰족하고 콧수염을 살짝 기른 20대 후반의 일본 선수는 아마도 태수가 훈련하고 있는 모습을 지켜보고 있었던 것 같다.

신나라는 몸을 풀려고 트랙에 갔다가 태수를 만나는 바람에 그를 따라서 숙소로 되돌아왔다.

신나라는 태수의 방에 따라 들어와서 그가 샤워를 마치고 나올 때까지 얌전하게 기다렸다.

"나라야, 나 오늘 밤 10,000m에 나갈 거다."

"예엣?"

TV앞 소파에 앉아 있는 신나라 맞은편에 태수가 수건으로 머리를 말리면서 앉으며 말하자 그녀는 깜짝 놀랐다.

"괜찮겠어요?"

신나라도 역시 민영처럼 걱정하는 기색이 역력하다.

태수는 빙긋 미소 지었다.

"끄떡없다."

"전 선배님을 믿어요."

그러나 신나라가 민영이하고 다른 점은 같은 선수로서 태수의 마음을 이해하고 또 무조건적으로 그를 신뢰하고 있다는 사실이다.

태수는 신나라의 믿음에 미소를 지으며 고개를 끄떡이고 나서 진지한 표정을 지었다.

"아까 라스트 랩 때 내 보폭하고 주행회수가 얼마였다고 그랬지?"

"보폭은 198㎝였고 분당 주행회수는 205회였어요."

"음."

신나라는 태수의 얼굴이 심각해지는 걸 보고 의아한 표정으로 물었다.

"왜 그러세요?"

"2012년 런던올림픽 10,000m에서 우승한 모 파라의 기록이 27분 30.43초였어."

"그런가요?"

"응. 모 파라의 보폭이나 분당 주행회수는 모르겠지만 라스트 랩을 53.48초에 뛰었어."

"우와……."

신나라는 입을 벌리며 놀랐다가 생각난 듯 물었다.

"그럼 선배님은요?"

"아까 나는 라스트 랩에 58.72초가 나왔어."

"아……."

"그리고 나는 그때 전력을 다해서 뛰었어."

"그렇군요."

방금 전까지 태수의 보폭과 주행회수 때문에 들떠 있던 신나라는 금세 풀이 죽었다.

모 파라의 53.48초와 태수의 58.72초는 대충 잡아도 5초 이상의 차이가 난다.

모 파라의 53.48초는 초속 6.5m. 그걸 곱하기 5하면 약 32m다.

똑같이 스퍼트를 한다면 라스트 랩에서 태수가 모 파라에 32m나 뒤진다는 뜻이다.

"어쩌죠?"

신나라가 걱정하는 얼굴로 묻자 태수는 쓴웃음을 지으며 고개를 절레절레 흔들었다.

"모 파라는 안 되겠다. 2위나 3위로 목표를 바꿔야겠어."

"그러세요. 그것만 해도 어딘데요?"

신나라는 환한 미소를 지으면서 태수를 위로했다. 신나라는 정말 긍정적인 성격이다.

신나라의 말이 맞다. 그녀의 말이 아니더라도 태수가 베이징세계육상선수권대회 마라톤에서 우승을 하고 나서 또다시 10,000m에서 은메달이나 동메달을 딴다면 그야말로 대한민국 전체가 또 한 차례 뒤집어질 일이다.

슥—

태수가 일어나서 문 쪽으로 걸어가자 신나라가 따라 나오면서 물었다.

"선배님, 어디 가세요?"

"트랙에."

"거긴 왜요? 방금 다녀오셨잖아요?"

"잠시 체크해 볼 게 있어."

저녁 6시 30분.

민영은 태수를 따라 귀자티위창종합경기장으로 향하면서 닥터 나순덕에게 말했다.

"닥터, 감독님 깨워서 경기장으로 와요."

"네? 왜요?"

나순덕은 태수를 비롯해서 민영과 신나라, 윤미소, 손주열까지 우르르 숙소에서 나가는 걸 보고 등 뒤에 대고 물었다.

"왜 그러는데요?"

"오빠 10,000m 나가요."

"네에?"

나순덕은 놀라서 가느다란 눈을 크게 떴다.

민영은 낮에 대한민국 대표단 단장과 총감독을 직접 만나서 태수가 10,000m에 출전할 것이라는 의사를 밝혔었다.

단장과 총감독은 펄쩍 뛰었으나 민영은 태수가 경험 삼아서 한 번 10,000m를 뛰어보고 싶다더라고 별일 아니라는 식으로 얘기해서 어렵지 않게 허락을 얻어냈다.

10,000m는 예선 경기가 없다. 마라톤이 예선전이 없는 것과 같은 이유다.

또한 여러 나라에서 많은 선수가 세계육상선수권대회 같은 메이저 대회에서 한 번 뛰어보는 것만으로도 영광으로 여기고 또 좋은 경험으로 삼는다.

그렇기 때문에 대한민국 대표단으로서는 태수의 출전을 대수롭지 않게 여겼으며 그다지 기대도 하지 않았다.

심윤복 감독은 애초에 태수를 10,000m에 출전시킨다고 엔트리 신청을 해놨었기 때문에 태수가 오늘 밤 10,000m에 나가는 것에는 별문제가 없다.

경기장 트랙에서는 400m 허들 예선전이, 운동장에서는 7종 경기 중에서 포환던지기 종목이 벌어지고 있었다.

관중석 맨 아랫줄 대한민국 대표단 지정석에 자리를 잡은 민영은 옆에 태수를 앉히고 1시간 전부터 배포하기 시작한 10,000m 자료를 내밀었다.

"우승 0순위는 역시 영국의 모 파라야."

태수는 타라스포츠의 멋진 트레이닝복을 입고 있다.

옆에 앉은 신나라는 영양사가 특수 조제한 음료를 태수에게 내밀었다.

"드세요, 선배님."

"모 파라의 10,000m 기록은 27분 30초야. 베켈레의 세계기록에는 1분 13초나 뒤지지만 현존하는 선수 중에서는 제일 빨라."

"이건?"

태수는 자료를 보다가 조금 놀라는 표정을 지으며 한 선수의 이름을 손가락으로 가리켰다.

그의 손가락 끝에는 'Bekele'라고 인쇄되어 있었다.

"베켈레야. 오빠처럼 정신 나간 인간이 여기에 한 명 더 추가되었네."

아침에 치렀던 마라톤에서 태수가 우승했었고 베켈레가 2위를 했었다.

그런데 설마 베켈레까지 10,000m에 출전할 줄은 전혀 예상하지 못했었다.

"여기 나온 기록을 보니까 모 파라와 같은 27분대 선수가 3명인데 런던올림픽 때 2위했던 미국의 갤런 럽(Galen Rupp)하고 3위 타리쿠(Tariku), 그리고 4위였던 베켈레야. 3위 타리쿠는 베켈레의 친동생이고, 갤런 럽은 모 파라의 훈련 파트너였어."

민영은 자료를 넘겼다.

"그리고 28분대 기록을 갖고 있는 선수가 몇 명 있어. 우간다의 깁시로(Kipsiro)하고 케냐의 무치리(Muchiri), 에티오피아의 게브레마리암(Gebremariam)."

"베켈레 기록은 몇이지?"

"가장 최근의 기록이 27분 45초. 기록상으로는 오늘 출전 선수 중에서 4위야."

민영은 태수가 음료 빈 컵을 신나라에게 건네주는 걸 보며 설명을 이었다.

"모 파라는 작년 파리마라톤대회에서 2시간 5분대로 우승을 해서 마라톤과 10,000m 양쪽에서 평지풍파를 일으켰어. 모 파라가 오늘 마라톤에 뛰지 않은 것은 10,000m에 전력을 다해서 우승하기 위해서래."

민영은 태수를 향해서 몸을 틀어 돌아앉았다.

"오빠."

"응?"

태수가 자료를 보느라 건성으로 대답하자 민영이 자료를 뺏고는 두 손으로 태수의 뺨을 감쌌다.

슥―

"오빠."

"왜?"

작전을 최종 정리하고 있던 태수는 어리둥절한 얼굴로 민영을 쳐다보았다.

"그냥 경험이다 생각하고 뛰어. 알았지?"

민영이 두 뺨을 힘주어 감싼 바람에 태수의 입술이 뾰족하게 튀어나왔다.

"알았다."

태수가 알았다고 하지만 민영은 그가 전력을 다해서 뛸 거라는 사실을 알고 있다.

그러면서도 당부를 하는 이유는 순전히 태수가 잘못될까 봐 염려하기 때문이다.

사실 하루에 마라톤과 10,000m 혹은 5,000m를 뛰거나 그밖에도 2개의 종목을 하루에 뛰는 선수는 흔하지는 않지만 가끔 있는 일이다.

단거리에서는 100m를 뛴 선수가 한두 시간 후에 200m 혹은 400m나 400m 계주를 뛰는 일은 자주 있다.

정목환은 400m 허들에서 가까스로 예선을 통과했다.

400m 허들 세계기록은 46.78초인데 예선에서는 49초면 무난하게, 50초를 기록하면 운이 좋으면 준준결승에 나갈 수도 있다.

정목환의 400m 허들 예선기록은 50.23초였다.

심윤복 감독과 나순덕이 귀자티위장송합경기상에 모습을 나타낸 것은 10,000m 결승 경기를 5분 남겨두었을 때다. 숙소에서 경기장까지 오는 차편을 구하지 못해서 걸어서 오느라고 늦었다.

심윤복 감독은 트랙에서 몸을 풀고 있는 태수를 발견하고는 구르듯이 계단을 달려 내려갔다.

"태수 저놈, 대체 어쩌자고……."

그렇지만 그는 경기진행요원의 제지 때문에 트랙에는 내려가지 못하고 관중석 맨 아래에서 태수를 큰 소리로 불렀다.

"태수야!"

스트레칭을 하고 있던 태수가 심윤복 감독 가까이 다가왔다.

"나오셨어요?"

자다가 깨어나서 세수도 하지 않은 채 부스스한 모습으로 달려온 심윤복 감독은 태수를 보자마자 화난 얼굴로 언성부터 높였다.

"너 이 자식! 어쩌려고 그러냐?"

태수는 고개를 꾸벅 숙였다.

"죄송합니다."

"무슨 생각이냐고?"

"메달 하나 더 따고 싶습니다."

태수는 심윤복 감독에겐 솔직하게 말했다. 경험을 쌓고 싶다는 식의 어설픈 변명은 하지 않았다.

태수의 대답에 심윤복 감독은 서론 집어치우고 본론부터 들이댔다.

"컨디션 어떠냐?"

"80%입니다."

"이 자식, 구라 치지 말고."

선수에 대해서 미주알고주알 속속들이 알고 있는 심윤복 감독을 속이는 건 불가능하다.

태수는 머리를 긁적였다.

"70%쯤 됩니다."

"60%겠지."

"그… 렇습니다."

심윤복 감독은 트랙에서 몸을 풀고 있는 다른 선수들을 보고 나서 진지한 얼굴로 말했다.

"니가 100% 컨디션이라면 금메달도 가능하다. 그렇지만 지금 컨디션으로는 동메달도 따기 벅차다."

"알고 있습니다."

"그렇지만 동메달을 목표로 잡자."

"알겠습니다."

선수 컨디션은 감독이 제일 잘 알고, 감독 심정은 선수가 제일 잘 안다.

"무슨 작전이냐?"

"랩당 66초 이븐 페이스로 뛸 겁니다."

"이븐 페이스로?"

심윤복 감독은 미간을 잔뜩 좁혔다. 5,000m나 10,000m 경기에서는 별별 작전이 죄다 등장했었다.

그러니까 당연히 이븐 페이스 작전도 거의 매 경기마다 몇몇 선수가 실행하고 있는 편이다.

이븐 페이스라는 것은 정속 주행이다. 즉 같은 속도로 줄곧 달린다는 뜻이다.

10,000m는 마라톤하고는 달리 출발 직후에는 천천히 무리를 지어서 달리다가 조금씩 속도를 높인다.

3,000m쯤에서 선두그룹과 중간그룹, 후미그룹이 갈리기 시작하고, 5,000m쯤에서는 선두그룹이 확실하게 치고 나가서 100m 이상 반 바퀴까지 앞서는 상황이 되며, 마지막 2바퀴나 1바퀴를 남겨두고 선두 3명~5명이 치열한 경합을 벌이는 것이 가장 흔하게 볼 수 있는 경기 양상이다.

그런데 이븐 페이스로 달리는 선수는 출발부터 골인 직전까지 일정한 속도로 달리기 때문에 출발해서는 대부분의 선수보다 많이 앞서 달리게 되고, 후반에 들어서는 지쳐서 후발 주자들에게 추월당하고 만다.

이븐 페이스의 맹점은 출발 때의 속도를 후반까지 유지하지 못한다는 사실에 있다.

그것이 이븐 페이스 작전을 구사했던 대부분의 선수가 밟았던 쓰라린 전철이었다.

그렇지만 심윤복 감독은 민영과 함께 태수에 대해서 가장 잘 알고 있는 사람이다.

심윤복 감독이 알고 있는 바에 의하면 5㎞나 10㎞를 이븐 페이스로 정확하게, 그리고 제대로 빠르게 잘 달릴 수 있는 사람은 태수가 유일하다.

심윤복 감독은 이미 화살이 시위를 떠났으며 다시 되돌릴 수 없다는 것을 인정했다.

"랩당 66초를 끝까지 유지할 수 있다면 우승도 바라볼 수가 있다."

그의 목소리가 작아졌고 듣는 사람도 없는데 괜히 주위를 둘러보았다.

그는 손으로 태수를 가까이 불러서 어깨를 다독였다.

"최선을 다해라."

그가 해줄 수 있는 말은 그게 전부다. 그가 봤을 때 지금으로썬 태수의 작전이 최선이다.

심윤복 감독은 대한민국 대표단 지정석으로 갔다.

그곳에 민영이 앉아 있었으며 그 옆에 자리 하나를 비워두고 있었다.

심윤복 감독은 그 자리에 앉자마자 민영을 꾸짖었다.

"태수가 잘못되면 이 일을 문제 삼을 거요."

"감독님은 오빠 고집 알고 있었어요?"

태수는 언제나 고분고분했었기 때문에 그에게 고집이 있다는 사실을 심윤복 감독은 까맣게 몰랐었다.

"감독님이라고 해도 허락하고 말았을 거예요."

민영의 말에 심윤복 감독은 아무 항변도 하지 못했다.

이번 대회의 10,000m 경기에 출전한 선수는 23개국 32명이다.

한국에서는 태수 혼자 10,000m에 출전했다.

한 레이스에 12명 이상의 선수가 출전했을 경우에는 스타트라인을 2개로 한다.

모 파라를 비롯한 베켈레와 12명의 세계정상급 선수들은 트랙의 바깥쪽 4개 레인 출발선에 모여서 출발 자세를 취하고 있다.

그리고 기록순으로 뒤지거나 아예 10,000m 기록이 없는 태수를 비롯한 20명의 선수는 바깥 4개 레인 스타트라인보다 20m 후미의 안쪽 10개 레인에 쭉 펼쳐진 상태로 모여서 출발 신호를 기다리고 있다.

조금 전에 선수들을 소개할 때 32명 출전 선수 중에 모 파라와 베켈레 등 정상급 선수 5명만 집중적으로 소개되었고 나머지는 카메라가 스쳐 지나듯이 촬영했으며 장내 아나운서의 멘트는 아예 없었다.

그때 정상급 선수 5명에 이어서 후미 라인에서는 태수가 유일하게 소개되었다.

태수는 아직 10,000m 기록이 없지만 이번 대회 마라톤 우승자에다가 대회 신기록 보유자이며, 마라톤 선수가 10,000m에 출전했다는 사실 때문에 이례적으로 소개되었다.

아까부터 태수는 스스로 마인드 컨트롤하면서 두 가지를 주문하고 있는 중이다.

'긴장하지 말자.'

'작전대로 페이스를 지키자.'

이것 둘이다.

땅!

태수가 후미 출발선에서 자세를 취하고 있을 때 출발 총성이 울리고 선수들이 와르르 쏟아져 나갔다.

타타타타―

타탁탁탁―

태수는 후미주자 중에서도 맨 뒤에서 스타트했다.

선수들이 제대로 정렬해서 달릴 때는 레인 가장 안쪽인 1번 레인에서 줄지어 달리지만 출발 직후에는 8개 전체 레인을 거의 다 사용한다.

100m를 달려 나갔을 때 곡선주로가 끝나고 직선주로가 시작되는 지점에 브레이크라인이 트랙에 표시되어 있고 그곳에서 바깥쪽 레인을 달리던 선수들이 안쪽 레인으로 쏟아져 들어와 합류했다.

태수는 10,000m 실전 경험이 전혀 없으며 유튜브에서 동영상으로 본 것이 전부다.

그래서 태수는 동영상으로 본 기억들을 종합하여 작전을 세웠다.

그는 32명 선수의 달리는 체제가 정비될 때까지 후미에서 묵묵히 달렸다.

선수들은 트랙의 가장 안쪽 3개 레인을 사용해서 달렸다.

가장 안쪽 1번 레인은 한 바퀴, 즉 1랩이 정확하게 400m다. 그렇지만 2번 레인은 407m, 3번 레인은 415m다.

그러니까 1랩을 도는데 2번 레인의 선수들은 7m, 3번 레인은 15m를 더 달리게 되는 것이다.

상식적으로 가장 안쪽인 1번 레인에서 달리는 것이 제일 효율적이기는 하지만 그렇게 1번 레인만 고집해서 달리다가는 추월을 하기가 어려워진다.

2번 레인과 3번 레인의 선수들이 벽을 쌓고 있어서 1번 레인에서 빠져나가기 어렵기 때문이다.

출전 선수들은 서로가 서로에게 모두 적이다. 그렇기 때문에 1번 레인을 달리는 선수가 추월을 하려고 2번 레인으로 빠져나오는 것을 다른 선수들이 용납을 하지 않는다.

무리해서 2번 레인으로 나오려고 하다가는 충돌을 일으켜서 한꺼번에 우르르 넘어질 수가 있고, 그랬다가는 원인 제공자로 찍혀서 실격 처리되기가 십상이다.

타타탁탁탁탁……:

32명 선수가 힘차게 트랙을 딛는 소리가 한데 뒤섞여서 요란하다.

곡선주로에서 태수가 선두를 보니까 키 큰 서양 선수가 10m쯤 앞서 달리고 있으며 그 뒤를 이름 모를 케냐 선수 2명이 뒤따르고, 그 뒤쪽에 머리를 박박 민 모 파라와 베켈레가 앞뒤에서 달리고 있다.

최초 스타트를 해서 1랩을 돌았을 때 태수가 전광판의 시계를 보니까 61.89초다.

세계적인 10,000m 대회라고 해도 1랩당 평균속도는 70초다. 그 속도로 25랩을 다 돌았을 때 29분 16.66초가 된다.

경기 중간에 몇 차례 속도를 높이게 되고, 또 20랩이 넘어가면 더욱 속도를 높이게 되므로 25랩 10,000m를 다 돌았을 때에는 26분~27분대가 되는 것이다.

그런데 출발 직후인 지금은 태수가 전체 25랩을 1랩당 66초 이븐 페이스로 달리려는 작전보다 무려 5초나 빠르다.

스타트 직후라서 자리다툼 때문에 과열 양상을 보이고 있는 것이다.

태수는 이런 상황을 동영상을 통해서 충분히 숙지를 해두었기 때문에 조금도 당황하지 않고 묵묵히 후미에서 달리고 있다.

후미라고는 하지만 현재 태수는 맨 꼴찌다. 그렇지만 언제라도 치고 나갈 수 있도록 바로 앞을 달리는 선수하고 2m의 거리를 유지하고 있다.

5,000m와 마찬가지로 10,000m 역시 선두그룹에 의해서 신축적으로 속도가 조절된다.

초반이든 중반이든 선두가 속도를 높이면 뒤따르는 선수들은 후미그룹으로 뒤처지지 않으려고 전력을 다해서 뒤따르게 마련이다.

이때 실력이 없는 선수들은 뒤로 처지게 되고 달리는 선수들이 자연스럽게 1번 레인으로 정렬된다. 이것은 소위 '솎아내기'라고 한다.

그러나 지금은 경기 초반이기 때문에 1랩을 61초로 달려도 떨어져 나가는 선수가 한 명도 없다.

태수는 조금 더 지켜보기로 했다. 아마 현재 선두가 솎아내기를 2랩 정도 더 하게 되면 처지는 선수들이 속출하게 될 것이다.

그때 선두와 2위, 중간, 후미의 거리가 벌어지게 되는데 이 경우에 후미에서도 맨 꼴찌에서 달리고 있는 태수는 자칫하다가 선두하고 반 바퀴 이상 거리가 나게 된다. 그걸 경계해야 한다.

타타타타타—

선두가 질주하면서 솎아내기를 계속하고 있다.

선두가 키 큰 서양 선수에서 누런 싱글렛의 작달막한 선수로 바뀌었다. 저런 색상의 싱글렛은 에리트레아 선수다.

2랩의 기록은 62.12초다.

이런 속도로 25랩을 다 돌면 25분대가 되어 세계 신기록을 경신할 것이다.

그렇지만 죽었다가 깨어나도 25랩을 이 속도로 유지할 수는 없다.

2위 그룹을 달리고 있는 강력한 우승후보 모 파라와 베켈레 등은 선두와 5m 거리를 유지한 상태에서 묵묵히 뒤따르고 있는 중이다.

원래는 모 파라와 베켈레가 해야 할 일을 에리트레아 선수가 대신 해주고 있는 상황이다.

선두 에리트레아 선수와 바짝 뒤따르고 있는 서양 선수는 미국의 갤런 럽이다.

갤런 럽은 2012년 런던올림픽 10,000m 결승에서 우승한 모 파라에 이어 2위를 했었다.

태수는 2랩의 속도가 처음과 거의 변함없는 것을 확인하고는 슬슬 달리기의 변화를 꾀했다.

3랩째 곡선주로를 돌아서 직선주로가 나타나자마자 태수는 추월하기 위해서 2번 레인으로 나갔다.

타타타탁—

직선주로의 길이는 80m다. 태수는 80m를 질주하여 최소한 중위권에 안착해서 1번 레인으로 들어가야 한다.

80m 직선주로가 끝나고 곡선주로가 시작되는 데도 계속 2번 레인에서 달리면 약 3.5m를 더 달리게 된다.

3.5m 면 별것 아닌 것 같지만 치열한 각축을 벌이고 있는 각 선수들끼리의 거리가 몇 십 센티미터인 것을 감안하면 대단히 큰 차이라는 걸 짐작할 수 있다.

그런데 태수는 80m 직선주로의 첫 번째 질주로 겨우 5명의 선수밖에 추월하지 못했다.

선두인 에리트레아 선수가 3랩에서도 1랩당 61초 km당 2분 41초의 속도로 달리고 있어서 뒤따르는 선수들이 전력을 다해서 달리고 있기 때문이다.

태수는 순간 속도 1랩당 55초로 질주했지만 전체 선수들이 워낙 빠른 속도로 달리고 있기 때문에 5명을 추월한 것도 잘했다고 할 수밖에 없다.

그런데 문제가 생겼다. 80m 직선주로가 끝나서 1번 레인으로 들어가려고 하니까 틈이 전혀 보이지 않았다. 1번 레인을 달리는 선수들이 갑자기 서로 바짝 밀착하면서 비집고 들어갈 틈을 내주지 않는 것이다.

상황이 이렇게 되면 태수는 2번 레인으로 120m를 더 달려야만 한다.

그렇다고 해서 1번 레인으로 무리하게 비집고 들어가다가는 달리는 선수들과 충돌을 일으키기 십상이다.

태수는 80m 직선도로를 전력 질주한 후에 전체 선수들에 합류해서 달리며 잠시 휴식을 취하려고 했는데 오히려 124m를 전력 질주로 더 달리게 됐다.

그렇지만 태수는 위기를 그냥 위기로 받아들이지 않고 기회로 이용했다.

'좋아! 계속 간다!'

까짓것 3.5m 더 달리면 어때, 라는 심정으로 곡선주로에서도 치고 나갔다.

타타타탁탁탁—

그렇다고 무리하게 속도를 올리지는 않았다. 지금까지 속도 그대로 124m 곡선주로를 달리면서 7명을 더 추월했다.

곡선주로가 끝나고 다시 80m 직선주로가 시작되는 곳에서는 구태여 1번 레인으로 합류할 필요가 없다. 직선주로의 길이는 1번 레인이나 8번 레인이나 같기 때문이다.

타타탁탁탁탁…….

태수는 1번 레인으로 들어가는 것을 포기하고 직선주로든 곡선주로든 계속해서 2번 레인으로 질주하면서 선수들을 추월해 나갔다.

4랩에서는 선두그룹과 2위 그룹이 확연하게 분리되었다.

선두는 여전히 에리트레아 선수와 갤런 럽이고 5m 뒤에서 모 파라와 베켈레, 일본 선수 젠 사부로가 뒤쫓는데 이들 5명이 선두그룹이다.

왜냐하면 선두그룹의 후미인 젠 사부로 뒤쪽 20m 거리에서 2위 그룹이 뒤따르고 있기 때문이다.

그리고 그 뒤 30m에 3위 그룹이 부지런히 뒤쫓고 있으며, 그 뒤로 닭똥처럼 길게 드문드문 선수들이 뚝뚝 떨어져서 달리고 있다.

선두 에리트레아 선수의 5랩째 속도는 1랩당 65초로 떨어진 상태다.

그러나 평균속도가 1랩당 70초이므로 아직도 평균에 비해서 5초나 빠른 속도다.

모 파라와 갤런 럽 등과 선두 에리트레아 선수의 거리가 벌어지지 않고 있으므로 이들의 현재 속도 역시 1랩당 65초로 동일하다.

탁탁탁탁탁―

추월을 개시한 이후로 한 번도 1번 레인에 들어가지 않은 상태에서 달리고 있는 태수가 선두그룹 후미인 일본의 젠 사부로 오른쪽 2번 레인에서 추월을 시작했다.

태수는 추월할 때 상대의 얼굴을 쳐다보지 않지만 상대가 쳐다볼 경우에는 반사적으로 마주 쳐다보게 된다.

젠 사부로의 경우가 그랬다. 태수는 젠 사부로를 쳐다보고서 그가 누군지 알게 되었다.

아니, 누군지는 구체적으로 모르지만 어디에서 본 얼굴인지는 깨달았다.

아까 오후에 실내트랙에서 신나라와 함께 연습하고 있을 때 출입구에 팔짱을 끼고 기대서서 지켜보고 있던 콧수염을 기른 일본 선수가 바로 젠 사부로였다.

탁탁탁탁탁―

태수가 1랩당 62초의 속도로 달리면서 베켈레를 오른쪽에서 느릿하게 추월하고 있을 때 그가 힐끗 쳐다보았다.

베켈레는 조금도 힘들어하지 않는 얼굴에 흐릿한 미소까지 머금고 태수를 쳐다보았다.

태수에 비해서 키가 10㎝나 작은 베켈레지만 달리는 보폭은 태수하고 거의 비슷했다.

그래서 태수와 베켈레가 나란히 달리는 몇 초 동안 두 사람은 발맞추어 구보하는 것처럼 사이좋게 달렸다.

3위로 달리고 있는 갤런 럽은 추월을 당하면서도 태수를 쳐다보지 않은 유일한 선수다.

모 파라는 갤런 럽과는 판이하게 태수가 추월하기 전부터 연신 뒤돌아보더니 오른쪽으로 스쳐 지날 때는 3번이나 연달아 쳐다보았다. 정신이 산만한 선수다.

그렇지만 태수는 모 파라가 얼마나 대단한 선수인지 동영상이나 자료를 통해서 잘 알고 있다.

2012년 런던올림픽 10,000m 경기에서 가슴에 영국 국기 유니언잭을 단 모 파라는 10,000m 경기에서 장장 100년 만에 최초로 영국에 금메달을 안겨주었다.

올림픽에서 10,000m 경기는 1912년부터 도입된 이래 2012년까지 영국은 단 하나의 금메달도 따지 못했었다.

2012년 올림픽 10,000m 경기 당시 모 파라가 결승선을 가장 먼저 골인하자 영국의 BBC방송 해설자는 감격한 나머지 '오! 예스! 오! 예스!'만 연발하며 다른 말을 하지 못했다는 유명한 일화가 있다.

탁탁탁탁탁—

"헉헉헉헉……."

태수는 모 파라마저 추월하고 선두 에리트레아 선수 뒤 3m까지 따라붙었다.

아직 7랩째이므로 숨이 조금 가빠오는 정도다.

때마침 직선주로라서 태수가 추월하려니까 에리트레아 선수는 속도를 높이면서 추월당하지 않으려고 기를 썼다.

"하악! 하악! 학학학……."

태수는 에리트레아 선수의 호흡이 많이 거친 것을 보고는 무리하지 않고 옆에서 나란히 달렸다.

타타타타탁탁탁—

"헉헉헉헉……."

태수의 호흡은 규칙적이고 달리는 자세와 속도는 더할 나위 없이 안정적이다.

10랩 4,000m를 달리고 있는 현재 태수는 선두다.

2위 그룹 선두인 킵시로하고의 거리는 100m다.

10랩을 달리는 동안 출전 선수 32명의 자리 변동이 있었다.

2위 그룹은 6명이며, 우간다의 킵시로와 갤런 럽이 1번 레인 선두에서 나란히 달리고, 그 뒤로 모파라와 베켈레, 맨 뒤에 베켈레의 동생 타리쿠와 케냐의 무치리가 나란히 달리고 있다.

한 개 레인의 폭은 125㎝이므로 한 레인에서 두 명이 나란히 달리는 것은 충분하다.

2위 그룹의 30m 뒤에 3위 그룹 10여 명이 한 줄로 길게 달리고, 그 뒤로는 나머지 선수들이 띄엄띄엄 달리고 있다.

현재 태수가 10랩 4,000m를 달린 기록은 10분 46초다.

1랩당 64.80초이며 ㎞당 2분 42초의 속도다.

태수는 경기에 임하기 전에는 1랩당 66초로 달린다는 작전을 짰었으나 막상 달려보니까 가장 안정적인 속도가 지금 이 속도다.

2위 그룹은 1랩당 68초, ㎞당 2분 50초의 속도로 달리고 있으므로 태수보다 1랩당 3.20초 느린 속도다.

현재 태수의 속도는 시속 22.22㎞/s, 초속 6.17m/s이므로, 1랩을 돌 때마다 2위 그룹을 19.74m씩 떨어뜨리고 있다.

탁탁탁탁……

태수는 13랩째에 꼴찌로 달리는 선수를 추월했다.

"헉헉헉헉……."

꼴찌에서 2번째 선수를 추월하면서 태수는 문득 썩 괜찮은 새로운 작전이 떠올랐다.

달리는 선수들을 계속 추월해서 모 파라와 베켈레의 2위 그룹까지 가는 거다.

그래서 그들 꽁무니를 따라가든지 아니면 그들하고 골인까지 같이 달리는 것이다.

2위 그룹이 속도를 내면 태수도 같이 내고 늦추면 같이 늦추면서 최대한 갈 수 있는 데까지 간다.

만약 태수가 마지막 2~3랩까지 그 상태로 갈 수만 있다면 모 파라나 베켈레가 2~3랩을 남겨두고 1랩 400m나 앞선 태수를 추월하기란 그리 만만하지 않을 것이다.

탁탁탁탁탁탁……

"헉헉헉헉… 헉헉헉……"

태수는 17랩 6,800m까지 달려서야 2위 그룹 후미 30m까지 따라붙었다.

그런데 거기에서 도무지 거리가 좁혀지지 않고 있다.

2위 그룹의 선두인 갤런 럽이 속도를 높였고 그 뒤를 모 파라와 베켈레 등이 일렬을 이루어 부지런히 따라가고 있기 때문이다.

태수는 현재 1랩당 64초 이븐 페이스로 달리고 있는데 2위 그룹과 거리가 좁혀지지 않고 있다면 2위 그룹도 1랩당 64초의 속도로 달리고 있다는 뜻이다.

현재 시간은 19분 15.45초.

지금까지 17랩을 평균 1랩당 66초, km당 2분 45초의 속도로 달렸다는 것이다.

앞으로 8랩 남았는데 태수는 빠르게 지쳐 가고 있다.

탁탁탁탁탁탁……

"허억… 허억… 허억……"

태수의 앞쪽 2위 그룹 후미가 조금씩 멀어졌다.

그 말은 2위 그룹의 선두가 태수의 꽁무니 쪽으로 조금씩 가까워지고 있다는 의미다.

태수가 마지막 1랩 반 600m를 남겨두었을 때 드디어 2위 그룹이 스퍼트를 했다.

태수와 2위 그룹 선두인 갤런 럽하고의 거리는 110m.

태수의 1랩당 속도는 65.35초로 떨어졌다.

갤런 럽은 1랩당 54.32초의 속도로 무섭게 따라붙었다.

갤런 럽은 태수를 추월하는 것과 2위인 모 파라, 3위 베켈레, 4위 타리쿠, 5위 킵시로, 6위 무치리 등을 떨어뜨리려는 두 가지 목적을 갖고 있다.

"하악… 하악… 하악……"

태수는 지금 속도가 최선이고 한계다. 몸이 아픈 것은 아닌데 달릴 힘이 조금도 없다. 아침에 마라톤으로 완전히 바닥을 드러낸 글리코겐이 문제다.

관중석 맨 앞줄 대한민국 대표단 지정석의 민영과 심윤복 감독 등은 모두 일어나서 태수를 향해 고래고래 악을 쓰며 응원을 하고 있다.

태수가 24랩을 돌아 피니시라인을 통과하자 마지막 랩을 알리는 종소리가 힘차게 울렸다.

땡땡땡땡땡땡땡—

마침내 10,000m 골인까지 1랩 400m만 남은 상황이다.

"오빠……."

민영은 두 손을 맞잡고 기도하듯 간절한 표정으로 태수를 바라보았다.

"태수야! 마지막 300m다! 조금만 더 힘을 내라!"

심윤복 감독은 자신의 외침이 태수에게 들릴 리가 없다는 걸 알면서도 목이 쉬도록 고함을 질렀다.

탁탁탁탁타—

"하악! 학학학학……."

태수는 곡선주로를 돌아서 직선주로를 내달렸다.

일그러진 얼굴로 허파가 터지고 심장이 조각나서 목구멍 밖으로 쏟아져 나올 것처럼 최후의 한 움큼 힘까지 쥐어짜내서 달렸다.

언제나 그랬듯이 이 경기가 살아생전에 뛰는 마지막인 것처럼 전력을 다했다.

80m 길이의 직선주로가 끝나갈 무렵 갤런 럽이 10m 꽁무

니까지 따라붙었다.

타타타탁…….

"헉헉헉헉……."

갤런 럽의 달리는 발걸음 소리와 거친 호흡 소리가 생생하게 들려서 금방이라도 태수를 추월할 것만 같았다.

직선주로가 끝나고 마지막 곡선주로에 들어섰을 때 태수의 1랩당 속도는 60초로 조금 빨라졌다.

두 다리에 감각이 없고 마치 물속에서 허우적거리는 느낌이 들었다.

전광판의 시계는 27분 17.88초를 나타내고 있지만 태수는 시계를 볼 겨를조차 없다.

태수는 곡선주로를 다 돌고 직선주로로 들어섰다.

이제 50m만 더 가면 골인이다.

'조금만 더…….'

탁탁탁탁탁…….

"학학학학학!"

여기서부터는 체력이 아니라 정신력으로 달리는 거다. 어떻게 해야 보폭이 넓어지고 주행회수가 빨라지는지 아니까 그대로 하면 된다.

발뒤꿈치로 엉덩이를 차고 두 팔을 크고도 힘차게 휘두른다.

피니시라인이 40m 남았을 때 갤런 럽이 오른쪽에서 태수를 추월하기 시작했다.

타타타타탁—

"하악! 하악! 하악!"

태수의 속도가 조금 빨라졌다. 1랩당 자그마치 54초.

방금 태수를 추월했던 갤런 럽하고 나란히 달렸다.

남은 거리는 25m.

바로 그때 놀라운 속도로 모 파라가 갤런 럽의 오른쪽에서 추월하여 치고 나갔다.

다다다다다—

"하앗! 하앗! 하앗! 하앗!"

갤런 럽이 놀라서 모 파라를 쳐다보는 순간 태수는 숨을 멈추고 두 팔을 보이지 않을 정도로 빠르게 미친 듯이 휘둘렀다.

타타타타탁—

"학학학학하악!"

태수가 쭉쭉 앞서 나가자 갤런 럽이 놀라면서 이번에는 태수를 쳐다보았다.

모 파라는 100m 단거리 선수처럼 태수와 갤런 럽을 뒤로 뚝뚝 떨어뜨리며 달려 나갔다.

모 파라는 귀자티위창종합경기장이 떠나갈 것 같은 함성과 박수를 받으면서 1위로 골인했다.

마지막 5m.

태수가 피니시라인에 머리를 들이밀려고 할 때 오른쪽에서 누군가 치고 나왔다.

갤런 럽이 아닌 베켈레다.

아주 짧은 순간 태수와 베켈레는 나란히 달렸다.

데자뷰. 마라톤에 이어서 태수와 베켈레의 피니시라인 앞에서 똑같은 상황이 다시 벌어지고 있다.

타타타탁탁탁—

"하악… 하악… 하악……."

태수와 케벨레가 똑같이 골인하고는 그대로 바닥에 나뒹굴 듯이 누워 버렸다.

1위 모 파라의 기록은 27분 26.56초. 태수와 베켈레는 사진 판독 결과 태수가 27분 30.22초, 베켈레는 27분 30.67초였다.

태수는 트랙에 벌러덩 누워서 허파가 터질 것처럼 가쁜 숨을 몰아쉬었다.

"하아악… 하아악… 하아악……."

모 파라와 베켈레도 태수 옆에 벌렁 누워서 가쁜 숨을 쉬다가 잠시 후에 모 파라가 먼저 일어나서 태수에게 다가와 손을 내밀어 잡아당겨서 일으켜 주고는 태수에게 엄지손가락을 치켜세웠다.

"헉헉헉… 유 몬스터! 유 그레이트!"

"학학학학… 유 베터……."

케벨레가 일어나서 다가오더니 태수의 어깨에 팔을 얹으며 웃었다.

"헉헉헉… 하하하! 아임 루징 어게인……."

"쏘리……."

영어는 못하지만 '루징'과 '어게인'을 알아듣고 태수가 미안한 표정을 지었다.

"아아……."

서 있던 민영은 두 다리에 힘이 쭉 빠져서 자리에 털썩 주저앉았다.

심윤복 감독은 앞의 난간을 두 손으로 힘껏 붙잡고 태수를 쳐다보며 신음처럼 중얼거렸다.

"태수 저 괴물 같은 놈……."

"태수야! 받아!"

눈물을 뚝뚝 흘리는 윤미소가 둘둘 만 태극기를 태수에게 힘껏 던져 주었다.

태수는 태극기를 망토처럼 상체에 두르고 유니언잭과 에티오피아 국기를 태수처럼 몸에 두르고 트랙을 도는 모 파라와 베켈레를 뒤쫓아서 천천히 뛰었다.

'해냈다…….'

태수는 1위를 하지 못한 것을 아쉬워하지 않았다. 오히려 베켈레를 이기고 2위라도 한 것을 다행이라고 생각했다.

민영과 심윤복 감독을 비롯한 태수의 주위 사람들은 모두 일어나 뜨거운 박수를 치면서 벅찬 감동을 맛보았다.

제16장
미안하다 사랑한다

그날 밤.

선수촌 식당 한쪽에 대한민국 대표단 선수 22명과 임원, 지원요원 45명, 타라스포츠에서 파견한 8명까지 총 75명이 모두 모였다.

대표단 단장인 대한육상경기연맹 회장 오동일이 태수의 마라톤 우승과 10,000m 은메달을 획득한 것을 축하하기 위해서 마련한 자리다.

단장 오동일이 일어나서 샴페인 잔을 높이 들었다.

"한태수 선수의 위업을 축하합시다!"

오동일은 너무 기분이 좋아서 싱글벙글 입이 귀에 걸렸다.

모두들 일어나 잔을 높이 들고 외쳤다.

"축하합니다!"

내일 경기가 있는 선수들은 음료수를 채운 잔으로, 경기가 없는 선수나 임원, 지원요원들은 샴페인을 채운 잔으로 건배를 하고 마셨다.

대한민국은 지금껏 육상에서는 세계 무대에서 변방 취급을 당하며 들러리 노릇만 해왔던 게 사실이다.

아시아권에서는 그나마 가물에 콩 나듯이 메달을 따기도 했지만 세계대회에서는 올림픽에서 손기정 선생과 황영조가 마라톤에서 금메달을 딴 것이 전부였다.

육상인들의 최고최대 축제인 세계육상선수권대회에서는 예선전이 없는 마라톤을 제외하고는 대한민국 선수가 결승전에 진출한 적도 없었다.

10,000m는 예선전이 없어도 한국기록이 너무 저조해서 나가봐야 창피만 당할 게 뻔하기 때문에 아예 출전하지도 않았었다.

그런데 바로 오늘 밤에 대한민국 건국 이래 최초로 육상 10,000m에서 태수가 은메달을 획득한 것이다.

지난 대회인 2013년 모스크바세계육상선수권대회에서는 개최국인 러시아가 금메달 7개로 1위를 했으며 미국은 금메달 6개로 2위를 했었다.

대회 첫날이긴 하지만 베이징세계육상선수권대회에서 현재 대한민국은 금메달 1개 은메달 1개로 1위를 달리고 있다.

"심 감독님."

"네, 회장님."

오동일 회장이 흐뭇한 미소를 지으며 심윤복 감독을 불렀다.

"한태수 선수 5,000m에서도 기대해 봐도 되겠지요?"

아침에 마라톤에 출전하여 우승을 하고, 그날 밤에 10,000m 에서 은메달을 딴 태수니까 6일 동안 푹 쉬고 8월 29일에 열리는 5,000m에 출전한다면 좋은 성적이 나오리라 기대하는 것이다.

"최선을 다해야지요."

심윤복 감독은 태수를 보면서 정중하게 대답했다.

그는 섣부르게 자신만만한 대답 같은 것은 하지 않는 사람이다.

"한태수 선수는 어떤가?"

오동일 회장이 이번에는 태수에게 직접 물었다. 그는 뭔가 확신에 찬 대답을 듣고 싶은 듯했다.

"최선을 다하겠습니다."

태수는 꾸벅 고개를 숙이며 심윤복 감독하고 같은 대답을 했다.

심윤복 감독은 예전부터 대한육상경기연맹의 운영 방식과 지원금 문제, 선수 관리 등에 대해서 불만이 많았었다.

그래서 여러 차례 직언을 하며 대한육상경기연맹을 개혁하려고 애를 많이 썼으나 그의 말에 귀를 기울이는 사람은 거의 없는 실정이었다.

특히 오동일 회장은 심윤복 감독을 노골적으로 싫어해서 그가 대한육상경기연맹의 기술위원 등 요직에 앉을 수 있는 여러 번의 기회 때마다 제동을 걸었다.

말하자면 심윤복 감독은 대한민국 육상계에서는 찬밥 신세였으며 그게 다 오동일 회장의 눈 밖에 났기 때문이라는 사실은 공공연한 비밀이었다.

그랬었는데 심윤복 감독이 기른 제자 한태수가 오늘 대박을 터뜨린 것이다.

심윤복 감독은 오늘 같으면 정말 세상 살 맛이 났다.

태수 방 소파에는 태수와 민영, 신나라, 윤미소, 손주열, 나순덕이 둘러앉아서 웃음꽃을 피우며 샴페인을 마시면서 대화를 나누고 있다.

"조금씩만 마셔요."

닥터인 나순덕은 기분이 고조되어 자기는 부지런히 샴페인을 마시면서도 다른 사람에게는 조금만 마시라고 당부했다.

심지어 나순덕은 샴페인이 떨어지자 잠시 나갔다가 오더니 와인 3병을 품에 안고 나타났다.

태수는 몹시 피곤했으나 기분이 좋아서 사람들이 주는 대로 받아 마신 덕분에 꽤 취했다.

그렇지만 오늘만큼은 사양하지 않고 맘껏 마시고 푹 쉬고 싶었다.

태수 양옆에는 민영과 신나라가 앉아 있으며, 한 번도 술을 마셔본 적이 없다는 신나라는 샴페인 3잔을 마시고 뻗어서 태수의 허벅지를 베고 잠이 들었다.

"아까 본사에서 전화가 왔었는데 타라스포츠 지금 난리가 났대."

민영이 와인을 홀짝거리면서 흐뭇한 미소를 지었다.

"무슨 난리?"

윤미소가 술 취한 김에 슬쩍 말을 놓았지만 민영은 용서하기로 했다.

"물건 재고가 없다는 거야."

"왜?"

"왜기는? 다 팔렸으니까 재고가 없는 거지."

"와아… 대박이다."

모두의 환호에 민영은 기고만장했다.

"타라스포츠가 스포츠 용품 랭킹 1위에 올랐어."

"야아……."

"와우~! 윈드 마스터 효과 대단하구나!"

"국내에 들어와 있는 외국 브랜드 나이키, 아디다스, 리복, 푸마, 아식스 다 죽었어. 사람들이 오로지 타라스포츠만 찾는 다는 거야. 게다가 해외에서도 주문이 쇄도하고 있대. 본사에 서는 매출이 수직상승하니까 정신없대."

모두들 묵묵히 와인 잔을 기울이고 있는 태수를 쳐다보았 고, 민영은 더할 수 없이 소중한 보물을 대하듯 그윽한 눈빛 으로 태수를 바라보았다.

"본사 이사회에서 긴급 회의를 열어 공장을 두 곳 더 짓기 로 했어. 그래도 물량을 맞추지 못할 거라네. 아마 하도급업 체를 물색해야 할까 봐."

민영은 미소를 지으며 잔을 내밀어 태수가 들고 있는 잔에 살짝 부딪쳤다.

챙―

"오빠는 하늘에서 내려온 천사야. 나의 천사."

적당히 취한 민영은 얼굴이 발그레 달아오른 모습이 너무도 섹시하고 예뻤다.

다들 자기 방으로 가고, 취해서 잠든 신나라는 윤미소가 업고 갔다.

이제 방에는 태수와 민영 두 사람만 남았다. 민영이 태수에게 할 말이 있다고 했다.

"베이징대회 끝나고 귀국하면 즉시 오빠 계약서 새로 작성할 거야."

"무슨 소리냐?"

민영의 말에 태수는 어리둥절했다.

"내가 뭘 잘못했냐?"

"오빠가 너무 잘해줘서 거기에 맞게 계약서를 새로 작성하려는 거야."

"무슨 소린지……."

태수가 술을 따르려고 와인 병을 기울였지만 몇 방울 나오다가 말았다. 술이 떨어졌다.

"더 마시고 싶어?"

"응. 마시고 푹 잘 거야."

"그럼 잠깐 기다려."

민영이 나갔다가 잠시 후에 돌아왔는데 손에는 큼직한 술병이 쥐어져 있다.

"이거밖에 없는데 마실래?"

발동이 걸린 태수는 고개를 끄떡였다.

"그래."

민영이 갖고 온 술은 독한 조니워커 블루다.

꼴꼴꼴…….

"귀국하면 말하려고 했는데 오빠 고생하는 거 보니까 너무 미안해서……."

민영은 태수 잔에 조니워커를 따랐다.

"뭐가 미안해? 그런 말 하지 마라."

"지난번 계약 때 오빠가 고쳐 온 계약서 보고서 내가 싫은 소리 했었잖아."

"그거야……."

사실 그것은 태수의 뜻이 아니라 혜원의 고모 수현이 새로 작성해 주었던 것이다. 그때 태수는 그 계약서가 너무 지나친 게 아니냐고 수현에게 물었는데 수현은 태수가 무한한 가능성을 지녔기 때문에 그 정도는 충분히 받아야 한다고 밀어붙였었다.

그런데 수현의 주장이 옳았다. 아니, 태수는 수현이 새로 작성해 준 계약서 이상의 잠재력을 지니고 있었다.

쨍!

태수가 술잔을 내밀자 민영은 잔을 부딪치고 마셨다.

"그때 계약서에 사인하면서 '이건 모험이야'라고 생각했었는데 뚜껑을 열어보니까 모험이 아니라 초대박이었어. 오빠의 능력이 이 정도까지일 줄은 정말 몰랐었어. 진작 알아봤어야 했는데……."

"날 수렁에서 건진 사람이 민영이 너야."

상금사냥꾼 태수를 스카우트한 사람이 민영이었다.

"진흙 속에서 다이아몬드를 주운 거였지. 잘 닦으니까 반짝반짝 광채가 눈부시더라."

태수는 독한 위스키를 물처럼 꿀꺽꿀꺽 마시고 나서 인상을 쓰며 말했다.

"크으… 난 계약서 새로 쓰지 않아도 현재에 만족한다. 그런 거 신경 쓰지 마라."

"오빠 정말……."

민영은 어이없다는 듯 태수를 쳐다보았다.

"다른 사람들은 한 푼이라도 더 받아내려고 난리인데 오빠는 굴러 들어온 기회마저 걷어차려는 거야?"

슥—

"오빠 정말 욕심이 없어. 이래서 내가 오빠를 좋아할 수밖에 없다니까……."

민영은 머리를 태수의 어깨에 기대고 잔을 입에 가져가서 홀짝거렸다.

"오빠가 그러니까 계약서 새로 쓰고 싶은 마음이 더 커지는 거야. 그리고 계약서 새로 쓰자는 건 내 의견일 뿐만 아니라 아빠와 이사들 의견이기도 해."

태수는 어깨에 기댄 민영을 돌아보다가 가볍게 흠칫했다.

짧고 가슴이 살짝 패인 티셔츠를 입은 민영의 뽀얗고 터질 듯한 가슴이 훤히 들여다보였기 때문이다.

당황한 태수는 고개를 돌리고 술을 단숨에 마셨다.

태수는 목이 타는 듯한 갈증에 잠이 깼다.

아직 한밤중이다. 창밖의 흐릿한 불빛이 반투명한 창을 투영하여 실내의 사물을 구분할 정도의 부윰한 밝기다.

그런데 태수는 머리가 무겁고 멍한데다 도무지 정신을 차릴 수가 없다.

아침까지 푹 잤으면 술이 어느 정도 깼을 텐데 중간에 깨서 아직도 비몽사몽이다.

"……."

태수는 바로 코앞에 누가 있는 것을 느꼈다.

새근새근…….

조용한 숨소리가 태수의 코와 입술 앞에서 들려왔고 또 부드러운 입김이 살랑살랑 끼쳐 왔다.

몽롱한 상태인 태수는 움직이지 않은 채 눈을 껌뻑거리면서 코앞에서 자고 있는 사람의 얼굴을 쳐다보았다.

'민영이…….'

몽롱한 상태에서도 태수는 눈앞에서 자고 있는 사람이 민영이라는 걸 어렴풋이 알아보았다.

그렇지만 눈으로는 민영이라는 것을 알겠는데 머리로는 인지하지 못했다.

민영은 스스로 빛을 뿜어내는 듯한 자체발광 미녀라서 한 점의 빛이 없어도 알아볼 수 있다.

그녀는 눈을 감고 도톰한 입술을 약간 벌린 채 매혹적인 모습으로 태수의 얼굴 10㎝ 앞에서 마주 보고 새근새근 깊이 잠들었다.

태수는 잠시 동안 움직이지 않고 지금이 어떤 상황인지 이해하려고 애썼으나 두뇌가 따라주지 않았다. 이게 현실인지 꿈인지조차 구별되지 않았다.

태수와 민영은 침대에서 마주 보면서 서로를 꼭 끌어안은 자세였다.

민영은 팔로 태수의 허리를 안고 있으며 태수는 그녀의 어깨 너머로 등을 안고 있다.

종이 한 장 들어갈 틈 없이 밀착한 상태인데 더구나 어찌 된 일인지 각자의 발을 하나씩 가랑이 사이에 끼고 있는 자세다.

어쩌다가 이런 상황이 돼버렸는지 모르겠지만 태수는 생각하려고조차도 하지 않았다.

사실 태수는 민영이와 소파에 나란히 앉아서 주거니 받거니 조니워커 블루 1.5L짜리 한 병을 다 마시면서 이런저런 얘기를 시시콜콜 나누면서 제법 화기애애한 분위기였다가 결국 술에 만취하여 둘 다 침대에 쓰러져서 잤었다.

색색… 거리면서 숨을 내쉬는 민영의 입김에서는 술 냄새와 함께 달콤한 향기 같은 것도 폴폴 풍겼다.

그런데 그 모습을 보고 있으려니까 아직도 술 취한 상태인 태수는 가슴속에서 무언가 뜨거운 것이 불끈 치밀더니 목젖을 울리며 저절로 마른침이 삼켜졌다.

민영의 허벅지에 짓눌려 있는 태수의 남성은 잠든 상태에서도 단단하게 커져 있었다. 만취해서 잠든 상황에서도 몸이 반응을 한 것이다.

슥―

문득 태수는 자신도 모르게 얼굴을 민영에게 가까이 하면서 입술을 살짝 부딪쳤다. 그는 그저 몸이 시키는 대로 했다.

그런데도 민영은 아무것도 모른 채 곤히 잠들어 있다.

태수는 입술로 민영의 입술을 열어 다짜고짜 혀를 빨았다.

"음……."

민영이 눈을 떴다. 어떤 상황인지 모르는 듯 눈을 깜빡거리다가 눈을 커다랗게 뜨고 태수의 얼굴을 바라보았다.

태수는 민영이 깼는데도 아랑곳하지 않고 그녀의 혀를 조금 더 힘주어 빨면서 거칠게 그녀의 몸을 밀어 똑바로 눕히면서 손이 티셔츠 아래로 스며들었다.

"읍……."

민영이 작게 몸부림쳤지만 태수는 무시하고 혀를 더욱 세게 빨면서 브래지어 밑으로 따스하고 탱탱한 가슴을 움켜잡았다.

"음… 음……."

민영이 갓 잡은 물고기처럼 파득파득 몸부림을 쳤다. 그 저항이 제정신이 아닌 태수를 더욱 달아오르게 만들었다.

그는 민영의 혀를 놓아주는 것과 동시에 티셔츠와 브래지어를 한꺼번에 위로 쓸어 올려 한 쌍의 터질 듯하고 뽀얗게 흰 젖가슴이 드러나게 했다.

그러고는 젖가슴에 얼굴을 묻고 마구 빨아댔다.

"오빠… 그만해……."

민영은 태수의 어깨를 잡고 떼어내려고 했지만 힘으로 그를 이길 수는 없다.

태수는 걷잡을 수 없는 욕정에 휩싸였다. 지금 그는 그저 한 마리 짐승일 뿐이다. 젖가슴을 입안 가득 쓸어 넣고 빨아대면서 왼손으로 그녀의 반바지 지퍼를 내리자마자 허둥지둥 손을 밀어 넣었다.

"오, 오빠. 이러면 안 돼. 그만해……."

몸부림이 거세진 민영을 오른손으로 어깨동무하듯이 꽉 잡고는 왼손으로 팬티 속을 공략했다.

민영이 다리를 힘껏 오므렸으나 태수의 다리가 그녀의 다리를 힘주어서 벌렸다.

"아아… 오빠… 왜 이러는 거야?"

민영이 몸부림치면서 손으로 태수의 어깨와 등을 두드렸으나 그는 끄떡도 하지 않고 그녀의 은밀한 곳을 집요하게 공격했다.

"앗!"

그때 태수가 어떤 행동을 취했는지 민영이 갑자기 낮은 비명을 지르면서 몸이 뻣뻣해졌다.

"오… 오빠, 나 민영이야. 혜원 씨가 아니란 말이야."

"……."

민영이 죽을 것처럼 몸을 뒤채면서 하는 말에 태수는 술이 확 깨는 것 같아서 동작이 뚝 멈춰졌다.

그는 젖가슴을 빨던 고개를 천천히 들고 민영을 물끄러미 굽어보았다.

"오빠, 나야 민영이……."

"민영아……."

태수는 차가운 물을 뒤집어쓴 것처럼 정신이 번쩍 들었다.

그제야 희고 뽀얗게 반짝이는 풍만한 젖가슴이 눈에 보였고 자신의 왼손이 민영의 은밀한 곳에 들어가 있다는 사실을 깨달았다.

그는 민영의 팬티 속에서 손을 빼고 묵묵히 침대에서 내려갔다.

비틀거리면서 바닥에 선 태수는 침대를 붙잡고 몸을 지탱하고는 여전히 젖가슴을 드러낸 채 누워 있는 민영을 보면서 착잡하게 중얼거렸다.

"미… 안하다, 민영아. 내가 미친놈이다……."

"몰라!"

민영은 티셔츠를 내리고 일어나 앉더니 주위를 둘러보면서 물었다.

"내가 왜 오빠 방에서 자고 있는 거지?"

"나도 모르겠다."

"불 켜지 마."

태수가 스위치가 있는 벽 쪽으로 비틀거리면서 걸어가자 민영이 말하고 나서 침대에서 내려와 바지 지퍼를 올리고는 태수를 스쳐 지나 문으로 걸어갔다. 그녀도 술이 덜 깼는지 비틀거렸다.

태수는 민영에게 무슨 말이라도 해야 할 것 같은데 뭐라고 말해야 할지 생각나지 않았다.

탁!

민영이 나간 후 문이 닫히고 어두컴컴한 실내에 혼자 우두커니 서 있는 태수 주위로 괴괴한 적막이 내려앉았다.

하지만 적막보다 더 무겁게 태수를 짓누르는 것은 민영에 대한 미안함이고 자책감이다.

술이 엉망으로 취한 상태에서도 그는 자신이 큰 실수를 저질렀다는 사실을 어렴풋이 깨달았다.

"미친놈······."

태수는 자신이 내세울 것은 없지만 의지 하나만큼은 강하다고 생각했었는데 아무리 술 취했다지만 이런 짓을 했다는 건 용서가 되지 않았다.

무의식은 의식의 연장이라고 하지 않는가. 설마 그는 민영을 마음 한구석에서 좋아하고 있었던 게 아닐까.

어쨌든 태수는 민영에게 벌써 두 번이나 실수를 저질렀다.

그는 욕실로 들어가서 찬물로 한바탕 샤워를 하고 나왔다.

정신이 조금 들었으나 취한 것은 여전했다. 몸조차 가누기가 어려워서 소파에 주저앉았다.

그때 어디선가 노랫소리가 흘러나왔다.

니가 날 사랑한다면~

니가 날 원한다면~

망설이지 마~ 내 세계로 들어와~

이봐~ 어딜 봐~

날 봐~ 나 여기 있어~
너 바보야~ 목석이야~

휴대폰에서 흘러나오는 민영의 노래 '내 남자'다. 이 밤중에
전화가 온 것이다.

태수가 테이블 아래에 떨어져 있는 휴대폰을 집어 들고 확
인하니까 민영의 전화다.

예쁜 민영이 입술을 모아서 내밀고 뽀뽀를 하는 귀여운 모
습이 화면에 나타났다.

—마음 쓰지 말고 자.

차분하게 가라앉은 그러면서도 우울한 듯한 민영의 목소리
가 태수의 가슴을 흔들었다.

"민영아, 나는……."

—오빠 성격에 분명히 잠 못 자고 괴로워할 것 같아서 전화
했어. 어서 자.

"민영아."

—난 괜찮아. 아까 화내서 미안해. 그러니까 신경 쓰지 마.
내일 아침에는 아무 일 없었다는 듯이 서로 얼굴 봐야 해. 알
았지?

"……."

—대답해. 알았지?

"알았다."

─그럼 됐어. 끊을게.

전화가 끊어졌다. 태수는 마지막 민영의 목소리에 울음기가 섞여 있었던 것 같은 느낌을 받았다.

민영은 자기 방 침대에 걸터앉아서 전화를 끊고는 휴대폰을 물끄러미 굽어보며 한동안 굳은 듯이 그대로 있었다.

"오… 오빠. 나 민영이야. 혜원 씨가 아니란 말야."

민영이 몸부림치면서 그렇게 말하니까 태수는 순순히 그녀에게서 떨어졌었다.

지금쯤 대한민국에 있을 혜원의 힘은 태수에게 그 정도로 큰 영향력을 지녔다.

"바보같이… 왜 술 취해서 거기서 잔 거야?"

민영은 침대에 엎드리며 울음을 터뜨렸다.

늦잠을 잔 민영이 숙취 때문에 괴로워하면서 아침 겸 점심 식사 후에 타라스포츠에서 온 메일을 보고 있을 때 심윤복 감독이 들어왔다.

"태수 어디 있는 거요?"

"모르겠어요. 무슨 일이에요?"

"선수촌 정문에 누가 찾아왔다는 연락이 왔어요."

"누군데요?"

"태수 애인이요."

민영은 깜짝 놀라서 발딱 일어섰다.

"혜원 씨가요?"

"나는 대표단 코치들 브리핑이 있어서 바쁘니까 본부장이 태수에게 좀 알려주쇼."

심윤복 감독은 그 말만 남기고 휑 나가 버렸다.

태수는 술이 덜 깬 상태에서도 실내트랙에서 벌써 30분째 뛰고 있는 중이다.

통통통통—

"학학학학학······."

실내트랙은 1랩이 100m다. 태수는 1랩당 19.25초 이른 페이스로 달리고 있다. 400m 트랙으로 친다면 1랩당 77초의 속도다.

정상 컨디션으로 400m트랙을 1랩당 77초의 속도로 30분째 달리는 것도 힘든 일인데, 태수는 숙취로 머리와 몸이 온전하지 않은 상태에서 30분 동안 잠시도 쉬지 않고 달리고 있다.

실내트랙에 내려온 민영은 태수의 그런 모습을 보면서 가슴이 답답해졌다.

태수가 아까 새벽녘에 있었던 일 때문에 자책하고 있다는 사실을 짐작하기 때문이다.

통통통통…….

"하악… 하악… 학학……."

트랙은 바닥이 나무 소재로 만들어졌기 때문에 힘차게 달리면 쿵쿵 하고 울린다.

태수는 약간 고개를 숙인 자세로 앞만 보고 달리느라 민영의 10m 앞쪽을 달려가면서도 그녀가 왔다는 것을 알지 못했다.

민영은 태수의 얼굴이 고통으로 일그러져서 땀에 범벅된 모습을 보며 가슴이 아렸다.

뭐가 잘못이었을까?

술을 마신 것?

그건 아니다. 어젯밤은 술을 마실 만한 분위기였다. 그리고 앞으로도 민영은 가끔 태수와 술을 마시고 싶다. 그러니까 술을 마신 것이 실수는 아니다.

그렇다면 술이 취해서 태수 방 침대에서 같이 잔 것이 잘못이었을지도 모른다.

그렇게 정신을 잃도록 술을 마시다니, 민영은 그런 적이 한 번도 없었다.

태수와 함께 있으면 왠지 기분이 좋고 들뜬 것 같아서 마음이 해이해지는 것이 원인이라면 원인일 것이다.

맞은편 트랙을 달리고 있는 태수를 물끄러미 바라보던 민영은 문득 가슴과 은밀한 부위에 아직까지도 태수의 입술과 손길이 느껴지는 듯했다.

태수가 민영의 양쪽 가슴을 얼마나 힘껏 빨아댔는지 나중에 보니까 멍이 퍼렇게 들어 있었다.

그뿐만 아니라 태수가 손으로 거칠게 만진 은밀한 부위는 아직도 쓰라리고 아팠다.

그렇기 때문에 민영은 지금도 태수의 입과 손이 자신의 몸을 빨고 또 만지고 있는 느낌을 떨쳐 버리기 어려웠다.

"오빠!"

트랙에서 여러 사람이 연습을 하고 있기 때문에 되도록 큰 소리를 내지 않으려던 민영이었으나 태수가 이쪽을 한 번도 쳐다보지 않아서 할 수 없이 소리쳐 불렀다.

이쪽으로 달려오던 태수의 일그러진 얼굴에 깜짝 놀라고 당황하는 표정이 떠오르는 걸 민영은 똑똑히 보았다.

퉁퉁퉁…….

"헉헉헉……."

태수는 곧장 민영에게 달려와서 앞에 멈추고는 허리를 굽히고 거친 숨을 몰아쉬었다.

그 모습을 보면서 민영은 안쓰러움을 느꼈다.

민영이 태수를 사랑하게 된 것은 분명하지만 아까 새벽에 벌어졌던 일처럼 그런 식으로 태수와 한 몸이 되는 것은 원하지 않는다.

민영은 태수가 숨을 고를 때까지 기다려 주었다.

태수는 호흡이 정상으로 돌아오지 않았는데도 허리를 펴고 민영을 쳐다보았다. 하지만 무슨 일이냐고 묻지는 않았다. 그는 민영이 아까 그 일 때문에 자길 찾아온 것이라고 짐작했다.

민영은 갖고 온 수건으로 태수의 얼굴을 닦아주고는 생수병을 태수에게 건네주었다.

"물 마셔."

그러고는 태수가 물을 마시고 있을 때 수건으로 어깨를 닦아주면서 말했다.

"선수촌 정문에 혜원 씨가 와 있어. 나가봐."

물을 마시던 태수의 동작이 뚝 멈추더니 입에서 생수병을 떼었다.

태수의 얼굴에 놀라움이 떠올랐다가 잠시 후에 민영을 보면서 조심스럽게 물었다.

"괜찮니?"

태수는 자길 용서해줄 수 있느냐, 그리고 이제 충격에서 좀 벗어났느냐는 포괄적인 물음이었는데 민영은 그것을 달리 받아들였다.

"아직도 아파."

"어디가?"

태수는 묻고 나서 스스로 대답을 찾아냈다. 민영이 아프다고 하면 그곳밖에 더 있겠는가.

그래서 태수의 시선이 민영의 티셔츠를 입고 있는 가슴과 짧은 반바지를 입은 아랫도리로 번갈아 향했다.

태수의 시선이 마치 또다시 민영의 가슴과 그곳을 공격하는 것 같아서 민영은 급히 수건으로 가슴을 손으로 아랫도리를 가리며 얼굴을 붉혔다.

"뭐하고 있어? 어서 가봐!"

그러고는 괜스레 태수에게 빽 소리를 질렀다.

태수는 샤워도 하지 않은 땀투성이에 대충 트레이닝 바지에 반팔 티셔츠만 입고 선수촌 입구로 달려갔다.

달려가는 내내 설마 혜원이 베이징까지 왔겠는가, 뭔가 착오가 있겠지, 하고 생각했다.

그렇지만 막상 정문 밖에 오도카니 서 있는 짧은 민소매 원피스 차림의 예쁘장한 혜원을 발견하고는 심장이 멎어버리는 것 같았다.

고모 수현과 함께 온 혜원은 안쪽에서 태수가 뛰어오는 것을 발견하고는 두 손을 가슴에 모으며 눈물을 왈칵 쏟았다.

그러면서 예전에 그녀가 서울에서 대학 다닐 때 의정부 수송부대에 있는 태수를 면회 갔었던 생각이 났다. 그 당시에 혜원은 거의 매주 태수에게 면회를 갔었다.

태수는 정문 보안요원에게 서둘러 선수 ID카드를 보이고 밖으로 나갔다.

"워나!"

"오빠!"

태수가 달려들며 두 손을 잡자 혜원은 눈물을 펑펑 흘리면서 그의 품에 안겼다.

"웬일이야? 무슨 일 있어?"

"무슨 일은, 태수 너 보러 왔다."

옆에 서 있는 수현은 태수와 혜원의 감격적인 상봉을 보고서 눈시울이 촉촉하게 젖었으면서도 그 모습을 보이지 않으려고 일부러 심드렁하게 말했다.

"아… 고모님, 안녕하세요?"

"외출할 수 있니?"

"네. 저녁 8시까지 돌아오면 됩니다."

"가자."

수현은 휙 몸을 돌려서 먼저 걸어갔다.

태수는 혜원 옆에 서서 어정쩡하게 물었다.

"어… 딜 가십니까?"

"배고파서 뒈지겠다."

"점심 안 드셨습니까?"

태수는 혜원의 손을 잡고 수현의 뒤를 따랐다.

수현이 앞장서 걸으며 투덜거렸다.

"너 만나려고 이른 아침부터 여기에 와서 죽쳤는데 무슨 수로 아침을 먹겠냐?"

"아, 아침도 안 드셨습니까?"

점심 안 드셨냐니까 아침도 안 먹었다는 수현의 대답이다.

그리고 그 이유가 태수를 만나려고 이른 아침부터 선수촌에 찾아와서 기다렸기 때문이라니 기가 막혔다. 이른 아침에 찾아왔는데 이제야 만나다니, 선수촌의 서투른 운영 방식에 태수는 은근히 부아가 치밀었다.

태수와 혜원, 수현은 가까운 이태리풍의 레스토랑을 찾아서 들어갔다.

수현이 메뉴를 보면서 유창한 영어로 세 사람 분의 요리를 주문했다.

애피타이저를 먹는 동안 태수는 혜원으로부터 놀라운 얘기를 들었다.

혜원과 수현은 금요일, 그러니까 베이징세계육상선수권대회 전날 밤에 베이징에 도착했다는 것이다.

베이징세계육상선수권대회 마라톤 경기가 첫날 아침 일찍 벌어진다고 해서, 태수가 달리는 모습을 보고 싶다고 혜원이 한국에서 일찌감치 비행기표와 귀자티위창종합경기장 티켓을 예매해 두었다고 한다.

그래서 혜원과 수현은 금요일 밤에 미리 예약한 호텔에 투숙을 하고 다음 날 새벽부터 일어나 서둘러서 귀자티위창종합경기장에 왔다는 것이다.

"그럼 날 봤어?"

"응."

태수가 놀라서 묻자 맞은편에 앉아서 크래커에 치즈를 바르던 혜원이 그를 바라보며 고개를 끄떡였다.

"골인하는 것도?"

혜원은 감격 어린 표정에 눈물을 글썽였다.

"봤어. 얼마나 눈물이 나던지······."

오르되브르를 먹던 수현이 참견을 했다.

"태수 니가 시상대 가장 높은 곳에서 금메달을 목에 걸고 눈물을 흘리면서 애국가를 부르는 모습이 경기장 대형 TV에 나오는 걸 보고 애가 얼마나 목 놓아서 울던지 사람들이 다 쳐다봤단다."

"워나······."

혜원은 수줍은 듯 얼굴을 붉히면서 눈물을 흘렸다.

"그냥 눈물이 났어. 고모는 그런 얘길 왜 해?"

태수는 아담한 몸매에 다소곳이 앉아서 해사한 얼굴에 눈물을 흘리는 혜원을 바라보면서 가슴이 뭉클했다.

수현이 빵에 소스를 묻히면서 혜원을 힐끔거렸다.

"너 어젯밤에 10,000m 뛰는 거 보고서 혜원이 쟤 거의 까무러치더라?"

"그것도 봤어?"

"응."

"흥! 난 아침에 마라톤 뛴 사람이 어떻게 같은 날 밤에 또 10,000m를 뛰겠냐고 했는데, 혜원이 쟨 10,000m 경기 선수 명단에 니가 있다고 경기장에 가야 한다면서 바득바득 우기는 거야."

수현은 빵을 우걱우걱 씹었다.

"하여튼 니네 둘이 무슨 텔레파시가 통하는 건지, 아니면 혜원이 쟤가 무당 신내림을 받았는지······."

태수가 마라톤 경기에 출전하여 출발했다가 골인하는 것은 물론이고 10,000m를 뛰는 것까지 혜원이 지켜보고 있었을 것이라고는 태수는 꿈에도 생각하지 못했었다.

그리고 지금 그의 맞은편에 혜원이 다소곳이 앉아 있는 모습을 보고 있으면서도 그녀가 정말 자기 앞에 있는 건지 잘 믿어지지 않았다.

태수는 택시를 타고 선수촌에서 20분 거리에 있는 혜원과 수현이 묵고 있다는 호텔에 갔다.

"니네 단둘이서 할 얘기 있을 거 아냐? 올라가 봐. 난 한 시간쯤 후에 올라갈게. 쇼핑이나 해야겠다."

수현은 노골적으로 말하면서 태수와 혜원을 강제로 엘리베이터에 태웠다.

기이……

둘밖에 타지 않은 엘리베이터가 움직이고 잠시 이상한 침묵이 흘렀다.

태수는 혜원을 가만히 품속에 안았다.

혜원이 태수의 가슴에 입을 대고 조그맣게 속삭였다.

"오빠 보고 싶어서 죽는 줄 알았어."

"나도 그랬다, 워나."

혜원을 안고 있는데 이상하게도 자꾸만 민영이 생각났다. 그것도 오늘 새벽 침대에서의 일이 날카로운 비수처럼 태수의 머릿속을 쿡쿡 찔렀다.

그것은 어쩌면 민영에 대한 미안함과 혜원에 대한 죄책감일 것이다.

"여보… 사랑해… 나 당신 없으면 죽어… 아아…….."

혜원은 태수의 몸 아래에서 두 손으로 그의 엉덩이를 힘껏 잡아당기면서 흐느끼듯 속삭였다.

혜원은 두 다리를 한껏 벌리고 태수를 자신의 은밀한 곳으로 통째로 집어넣으려는 듯 안간힘을 쓰며 연신 허리를 들어올렸다.

태수와 혜원은 찌는 듯한 한여름 대낮에 에어컨도 켜지 않은 채 침대에서 한 덩이가 되어 비지땀을 흘리면서 섹스에 몰두했다.

두 사람은 서로에 대한 그리움과 감정, 그리고 애틋한 사랑을 몸으로 표현했다.

자주 만나면 영화도 보고 산책도 하면서 이것저것 함께할 일도 많으련만, 어쩌다가 가뭄에 콩 나듯이 만나는 연인이기에 제일 먼저, 그리고 가장 중요하게 치러야 할 일이 바로 섹스다.

흥분과 쾌감이 절정에 이르자 혜원은 스스로 침대에 엎드려 눕는 자세를 취했다.

태수는 엎드린 혜원의 위로 올라가 뒤에서 공격했다.

태수는 두 손을 앞으로 돌려서 혜원의 가슴을 양손에 움켜잡았고, 혜원은 고개를 비틀어 뒤돌아보면서 태수와 깊은 키스를 했다.

혜원은 어렸을 때 태수에게 순결을 주었으며 이날까지 다른 남자하고는 한 번도 관계를 가져 본 적이 없었다.

그렇게 혜원은 철저하게 태수에 의해서 길들여졌다. 그런 탓에 혜원의 엉덩이를 특히 예뻐하는 태수는 후배위를 즐겨하고, 그래서 혜원은 후배위 체위에서만 오르가즘을 최고조로 느낄 수 있는 몸이 되었다.

혜원은 162㎝로 작은 키가 아니지만 가냘픈 체구를 지니고 있다. 그러면서도 가슴과 엉덩이만큼은 튼실했다.

"미안하다… 사랑한다… 워나……"

태수는 혜원의 귀에 뜨거운 숨결을 토해냈다.

혜원에게 민영과의 일을 차마 고백할 수는 없지만 미안하다는 말을 하지 않고는 괴로워서 못 견딜 것 같았다. 태수는 자신의 죄책감을 상쇄하려는 듯 더욱 열심히, 그리고 격렬하게 혜원을 몰아붙였다.

"아아… 여보… 사랑해… 여보……"

태수가 엉덩이를 쪼갤 것처럼 마구 들이받으니까 머릿속이 하얘진 혜원은 숨넘어가는 소리로 여보를 연발했다.

이 순간의 혜원은 행복했다. 그동안 태수에 대해서 조금이나마 품었던 야속함이나 원망 따윈 하나도 생각나지 않았다.

그저 이 순간이 영원히 지속되기만을 바랄 뿐이다. 태수가 혜원의 몸속에 들어와 있으면 비로소 그녀의 세계가 완성되기 때문이다.

한 시간 동안 윈도우 쇼핑을 하다가 돌아온 수현이 호텔방 벨을 눌렀는데도 안에서 문을 열어주지 않았다.

"둘이 어디 나갔나?"

수현은 한 번 더 벨을 눌러보고는 잠시 기다리다가 호텔 프런트로 내려가서 호텔 직원과 함께 방으로 돌아와 마스터 키로 문을 열고 안으로 들어갔다.

"아⋯⋯."

통로를 몇 걸음 걸어서 안으로 들어간 수현이 놀라서 눈을 크게 뜨고 우뚝 멈췄는데 뒤에서 호텔 직원이 따라 들어오려는 기척을 느꼈다.

수현은 급히 돌아서서 허둥거리며 호텔 직원을 밖으로 내몰고 문을 닫았다.

침대에서는 태수와 혜원이 벌거벗은 몸으로 한창 격렬한 섹스를 하고 있었다.

혜원은 두 손과 무릎으로 엎드려 있고 태수가 뒤에서 엉덩이를 공격하고 있는 광경이 너무도 적나라했다.

두 사람은 두 번째 사랑을 나누고 있는 중이다. 섹스에 너무 열중한 나머지 수현이 벨을 누르는 소리도 듣지 못했다.

꿀꺽⋯⋯.

수현은 넋을 잃고 그 광경을 처다보다가 어느 순간 정신이 번쩍 들어서 살금살금 문 밖으로 나가 등 뒤로 조심스럽게 문을 닫았다.

그녀는 문에 등을 대고 섰는데 심장이 미친 듯이 쿵쾅거렸다. 그녀의 망막에는 태수와 혜원이 격렬하게 사랑을 나누는 광경이 또렷하게 새겨져서 오랫동안 사라지지 않았다.

'태수 저놈 짐승 같아⋯⋯.'

제17장
베이징의 기적

우정호와 김경진은 아쉽게도 800m와 1,500m 예선을 통과하지 못했다.

역시 세계의 벽은 높았다.

정목환의 400m 허들 준준결승이 남아 있고, 다른 선수들의 몇 종목 경기가 남아 있기는 하지만 그들 중에서 결승 진출을 낙관할 만한 선수는 한 명도 없는 실정이다.

신나라는 여자 5,000m와 10,000m, 그리고 마라톤까지 3종목에 참가 신청을 해놓았지만 대표단에서는 그다지 기대를 하지 않고 있다.

원래 신나라가 북해도마라톤대회에서 10km까지 29분 35초의 놀라운 기록을 보여주었기에 대한육상경기연맹에서는 그녀를 대한민국 대표선수로 발탁하는 데 한순간의 주저함도 없었다.

오히려 복덩이가 넝쿨째 굴러 들어왔다고 크게 기뻐했었다.

그런데 신나라가 대표팀에 합류한 후에 10,000m와 5,000m 연습경기를 해본 결과 한국기록에도 미치지 못하는 저조한 기록이 나왔었다.

신나라의 북해도마라톤대회 풀코스 기록은 2시간 29분 17초로 여자 3위를 기록했었다.

그런데 대표팀 합류 후 마라톤 시뮬레이션에서는 2시간 35분 대가 나와서 모두를 크게 실망시켰었다.

그러므로 대표단으로서는 현재 믿을 만한 사람이 태수 한 사람뿐이다.

그가 앞으로 남은 남자 5,000m에서 어떤 색깔이든지 메달 하나만 더 추가해 주면 더 바랄 나위가 없다.

대한민국은 태수가 딴 금메달 1개와 은메달 1개로 그친다고 해도 종합 5~6위를 기대할 수 있게 된다.

거기에 메달 하나를 더 추가하면 대한민국 초유의 경사스러운 날이 될 것이다.

육상경기, 특히 중장거리 경기는 테이퍼링이 매우 중요하기 때문에 중장거리 선수들은 대회 기간 중에는 거의 훈련을 하지 않고 가벼운 스트레칭이나 몸 풀기 외에는 하루 종일 휴식을 취하고 있다.

그렇지만 태수와 신나라는 마냥 쉬고만 있을 수가 없어서 훈련을 하러 나왔다.

태수는 어떻게 해서든지 신나라의 잠재력을 끄집어내고 싶은 것이다.

태수는 선수촌 내의 실내트랙이나 근처의 육상경기장이 아니라 아예 베이징 교외 한적한 강둑길에서 연습 장소를 물색했다.

윤미소가 선수촌의 SUV 차량 한 대를 빌리고 베이징 지리에 밝은 현지인에게 물어봐서 내비게이션으로 베이징 북서쪽에 있는 영정하라는 강가로 온 것이다.

민영은 타라스포츠 업무와 걸그룹 아프로디테의 일이 바빠서 한국으로 귀국했다가 태수의 5,000m 결승 경기가 있는 8월 29일 전날에 베이징으로 온다고 했다.

신나라는 오늘 밤 8시 35분에 10,000m 결승 경기가 있기 때문에 훈련을 무리하면 안 된다.

그런데도 이른 아침에 이곳에 온 이유는 태수가 신나라의 미진한 부분을 채워주려는 의도다.

태수는 강둑에서 경사가 20% 길이 50m쯤 되는 곳을 찾아내서 신나라의 훈련 장소로 삼았다.

탁탁탁탁탁—

태수는 신나라의 스트라이드, 즉 보폭에 맞춰서 내리막을 전속력으로 질주했다.

길이가 50m로 짧은 데다 내리막이기 때문에 힘은 거의 들지 않았다.

지금 태수가 신나라에게 요구하는 것은 경북 풍기 죽령고개 내리막에서 맹훈련을 하면서 터득했던 질주법을 다시 한번 상기시켜 주려는 것이다.

원래 신나라의 스트라이드는 자기 키 163cm보다 5cm나 작은 158cm였다.

그런데 죽령재 내리막 질주훈련을 하고 나서 재본 스트라이드는 키보다 5cm나 넓어진 168cm가 됐었다. 내리막 질주훈련의 효과를 톡톡히 본 것이다.

그래서 예전에는 이븐 페이스로 달릴 경우에 1분당 주행회수가 184였기 때문에 158cm×184회=290m를 갔었으며, 거기에 ×3 하면 3분에 고작 870m밖에 가지 못했었다는 얘기가 된다.

말하자면 km당 3분 페이스조차 되지 못했었다는 뜻이다.

물론 스피드를 내면 km당 3분에 달릴 수 있겠지만 이건 어디까지나 이븐 페이스였을 때의 일이다.

그렇게 친다면 10분에 2.9km밖에 가지 못하는 것이고, 1시간이면 17.4km, 2시간에 34.8km. 그 속도로 마라톤 풀코스를 뛰면 2시간 28~29분대의 기록이다.

그 정도 기록이라면 한국 국내 무대에서나 도토리 키 재기로 순위를 다툴 수 있지 피 튀기는 국제무대에서는 명함조차 내밀지 못한다.

그런데 신나라가 내리막훈련을 하고 나서는 스트라이드가 158cm에서 168cm로 무려 10cm나 늘었기 때문에 1분당 309m를 가서 예전에 비해 무려 19m를 더 갈 수 있게 되었다.

1분당 19m라고 하면 우습게 생각될지 모르지만, 1시간에 1.14km이고 2시간이면 2.28km를 더 갈 수 있다. 그렇게 치면, 1km당 3분 5초 페이스로 잡아도 풀코스에 약 7분을 단축할 수 있는 것이다.

현재 신나라의 마라톤 풀코스 기록이 2시간 29분대니까 내리막 질주훈련만으로 7분을 줄여서 2시간 22분대를 기록할 수 있게 되는 것이다.

그 정도 기록이면 세계적인 선수들과 어깨를 나란히 하고 승부를 겨룰 수가 있다.

타타탁탁탁탁탁—

태수와 신나라는 10번째 내리막 아래로 질주했다. 순간 속도는 km당 무려 2분 25초에 달했다.

"아얏!"

그런데 내리막을 다 내려가서 신나라가 갑자기 앞으로 풀썩 엎어졌다.

"나라야!"

"아야야……."

신나라는 주저앉은 채 발목을 부여잡고 얼굴을 찡그리며 일어서지 못했다.

저만치 고개 위 주차시켜 둔 차 옆에 서 있던 윤미소가 놀라서 비명을 지르며 달려왔다.

"나라야!"

태수는 크게 당황해서 신나라를 살펴보았다.

"어딜 다친 거야?"

"아아… 발목이……."

신나라는 울상을 지었다.

"안 되겠다. 병원에 가자."

태수는 신나라를 들쳐 업고 언덕을 달려 올라가며 윤미소에게 소리쳤다.

"미소 넌 차 돌려!"

"알았어!"

뛰어 내려오던 윤미소가 다시 언덕 위로 달려 올라갔다.

오늘 밤에 10,000m에 출전해야 할 신나라를 이른 아침부터 데리고 나와서 훈련을 시키다가 부상을 입혔으니 태수로서는 난감하기 짝이 없는 상황이 벌어졌다.

신나라는 태수 등에 업혀서 언덕을 오르는 동안 그의 어깨에 뺨을 묻고 눈을 꼭 감았다.

'미안해요, 선배님. 이런 방법밖에 없었어요.'

신나라는 스스로 생각하기에 북해도마라톤에서 그렇게 좋은 기록을 낸 원인은 태수하고 함께 나란히 달렸기 때문이라고 철석같이 믿고 있다.

그녀에게 잠재력이 있든 선천적인 뭔가가 있든 그것을 끌어내 준 사람이 태수라고 생각하는 것이다.

그래서 마음 같아서는 이번 여자 10,000m에도 태수와 같이 달리면 좋은 기록이 나올 것 같지만 그럴 수가 없다.

그래서 고민 끝에 신나라가 생각해 낸 방법이 '부적의 힘'을 빌리자는 것이었다.

신나라에게 놀라운 힘을 주는 존재는 태수니까 그와 신체적으로 접촉을 해서 오늘 밤에 있을 경기에서 능력을 발휘하자는 다소 유아다운 발상이다.

그렇다고 태수에게 한 번만 품에 안아달라고 직접 말할 용기가 없어서 꾸며낸 것이 다리를 다친 척 연기를 해서 그에게 한 번 업히는 것이다. 그렇게 해서라도 태수의 힘을 '부적'으로 삼고 싶은 것이다.

세계 어느 나라보다도 일본인들은 무속 특히 부적을 좋아하고 또 정도 이상으로 신봉한다.

일본 드라마나 애니메이션을 보면 무속이 자주 등장하는 것을 알 수 있다.

신나라도 일본에서 태어나고 자랐기 때문에 그런 것이 몸에 깊이 배었다.

태수가 허둥거리면서 신나라를 업은 상태에서 차 뒷자리에 태우려고 하자 그녀는 내리려는 동작을 취했다.

"이제 괜찮은 것 같아요, 선배님. 내려주세요."

"무슨 소리냐. 병원에 가보자."

"일단 내려주세요."

태수는 반신반의하면서 조심스럽게 신나라를 땅에 내려주고 나서 여차하면 그녀를 부축할 자세를 취했다.

신나라는 일어나서 오른발을 몇 번 탁탁 털더니 천천히 달려보고 나서 싱긋 미소 지었다.

"괜찮아요. 다친 게 아니었나 봐요."

"이리 와봐라."

그래도 미심쩍은 태수는 신나라를 불러서 차 뒷자리에 앉히고 뒷문을 열어 바깥으로 다리를 뻗게 하여 자신은 땅에 한쪽 무릎을 꿇고 앉아서 그녀의 오른발 발목 부위를 세밀하게 살피고 이리저리 돌려보기도 했다.

신나라는 태수의 그런 세심한 행동에 적잖이 감격하여 콧날이 시큰해졌다.

"아프지 않느냐?"

"네, 선배님."

맹랑한 음모를 꾸몄던 신나라는 미안한 마음에 씩씩하게 대답했다.

"이번에는 너의 주행회수를 최대한 올려보자."

태수는 신나라의 보폭이 10㎝ 정도 커진 것으로 만족할 수가 없었다.

경북 풍기 죽령재 내리막 질주훈련을 했을 때에도 신나라는 보폭이 168㎝로 늘었지만 막상 대표팀에 합류하여 연습경기를 해보니까 형편없는 기록이 나왔었다.

죽령재에서의 훈련이 대표팀 연습경기 때에는 조금도 반영되지 않은 결과였다.

태수는 그 원인이 신나라가 아직 주법을 몸에 익히지 못했기 때문일 것이라고 진단했다.

태수는 강둑길 평지에 나란히 서 있는 신나라의 머리에 손을 얹고 설명했다.

"나라야, 너의 장점은 힘을 조금도 들이지 않고 물 흐르듯이 달리는 주법이야."

신나라는 자신의 머리에 올려 있는 태수의 커다란 손 때문에 기분이 좋았다.

"네, 선배님."

"너 다카하시 나오코를 존경한다고 그랬지?"

"지금은 선배님을 더 존경해요."

태수는 미소 지으며 신나라의 어깨를 다독였다.

"그래, 고맙다. 다카하시 나오코의 달리는 모습을 유심히 본 적이 있지?"

"네."

"어떻든?"

"나오코는 정말 잘 달려요."

"그런 거 말고 나오코의 주법 말이다."

"그건 자세히 본 적이 없어요."

신나라는 다카하시 나오코를 막연히 존경하고 좋아했었지 그녀를 분석해 본 적이 없었다.

"일단 달려보자."

태수는 말로 설명하는 것보다 직접 달리면서 하나씩 조정해 주는 게 낫겠다고 생각했다.

탁탁탁탁—

두 사람은 끝이 보이지 않을 정도로 길고 곧게 뻗은 강둑길을 나란히 달렸다.

"3분 5초 이븐 페이스다."

"네!"

신나라는 그저 태수하고 나란히 달리는 게 무조건 좋은 모양이다.

세상에서 자신의 영웅하고 늘 함께 생활하고 같이 뜀박질을 할 수 있는 행운아가 과연 몇 명이나 되겠는가.

2km를 달리면서 세심하게 살펴본 결과 태수는 신나라의 주법에서 3개의 큰 결함을 발견했다.

첫째는 신나라가 두 팔을 너무 정직하게, 그리고 크게 흔든다는 사실이다.

두 번째는 상체를 나무처럼 꼿꼿하게 세워서 일자를 유지한 자세로 달린다는 것이다.

세 번째는 시선이 아래로 향해서 자신이 달리고 있는 바로 앞 5m쯤을 내려다보는 자세다.

"팔을 짧게 흔들어라."

"어떻게요?"

"팔을 흔드는 속도만큼 발이 나가는 거다. 즉 팔 흔드는 속도가 빠르면 발도 빨리 나가고 팔이 늦으면 발도 늦다. 지금 너처럼 팔을 크게 휘두르면 시간을 많이 잡아먹어서 주행회수가 늦어질 수밖에 없어."

"네."

"나라 너는 팔을 길게 흔드니까 발이 거기에 맞춰서 늦어지는 거다."

"그런가요?"

"한번 해보자."

"어떻게 하면 되죠?"

"우선 지금 흔드는 길이의 반만 흔들어라."

"네."

태수는 신나라의 결점을 찾아내고 보완하는 과정에서 자신의 주법을 조금씩 완성시키고 있다. 옛말에 가르치는 것은 배우는 것이라고 했다.

태수는 신나라와 나란히 달리면서 주문했다.

"딱딱 끊는 것처럼! 어깨 힘 빼고!"

"이렇게요?"

"아니, 아니다! 그만!"

태수는 자신이 요구하는 대로 신나라가 맞추려다 보니까 자세가 엉성하고 달리는 모습도 이상하게 보였다.

태수는 신나라를 멈추게 하고는 다카하시 나오코가 어떻게 달렸는지를 기억에 떠올려 봤다.

'물 흐르듯이 유유하게……'

이것은 비단 신나라에게만 국한된 문제가 아니라 태수에게도 적용되는 일이다.

자신에게 가장 완벽한 주법을 찾는 일은 마라토너들의 영원한 숙제다.

'그거다!'

한동안 강물을 보면서 곰곰이 기억을 더듬던 태수는 마침내 다카하시 나오코의 주법에서 하나를 찾아냈다.

그녀는 두 팔을 전방을 향해서 흔들지 않았다. 나중에 확인해 봐야겠지만 태수의 기억이 분명할 것이다.

"자, 이렇게 해보자."

태수는 신나라 앞에 마주 보고 서서 두 손을 뻗어 그녀의 양쪽 어깨를 잡았다.

태수가 발견해 낸 신나라의 3개의 문제점 중에서 이게 제일 크다. 이것만 해결되면 나머지 2개는 차츰 고쳐 나가면 될 터이다.

태수는 신나라의 오른손을 잡고 왼쪽 어깨에서 20㎝ 앞으로 당겼다.

"팔을 흔들 때 오른손의 위치는 여기다."

"팔을 앞으로 흔드는 게 아니라 옆으로 흔드나요?"

"아니다. 오른손을 비스듬히 여기로 뻗어라."

"네. 그럼 왼손도……."

태수는 신나라의 왼손을 잡아 오른쪽 어깨 앞 20㎝쯤에 뻗도록 했다.

"팔을 구부린 상태에서 자연스럽게 샤워할 때 몸을 쓰다듬듯이 두 손을 비스듬히 반대편 어깨 앞으로 흔드는 거다. 알겠니?"

"이상해요."

"한번 해보자."

"네."

태수는 달릴 때 한참 달리다 보면 두 팔을 정면으로 뻗는 게 아니라 약간 안쪽으로, 그러니까 오른팔은 왼쪽, 왼팔은 오른쪽으로 흔들고 있는 것을 종종 발견했었다.

그럴 때마다 정신을 차리고 다시 팔을 정면으로 흔들면서 달리곤 했었는데, 나중에 보면 다시 팔이 안쪽으로 흔들리고 있어서 하도 그러니까 그냥 편한 대로 내버려 두었다.

그런데 조금 전에 다카하시 나오코의 달리는 모습, 더 정확히 말해서 팔 흔드는 모습을 떠올려 보니까 그녀는 태수보다 훨씬 더 안쪽으로 팔을 흔들었다.

'여자 체형이라서 그런가?'

그래서 언뜻 그런 생각이 들었다. 여자는 남자하고 체형이 다르다. 남자는 근육질이고 밋밋한 데 비해서 여자는 굴곡이 있으며 걸을 때는 히프가 좌우로 많이 씰룩거리고 가슴이 돌출됐기 때문에 어깨도 많이 흔들린다.

신나라는 두 팔을 정면으로 흔들기 때문에 어깨가 좌우로 많이 열리고 또 히프가 뒤뚱거리는 편이다.

또한 그녀는 일반 여자 마라토너들보다 가슴이 조금 크기 때문에 스포츠브래지어를 꽉 끼게 착용하는데 그 바람에 어깨가 더 많이 열린다.

탁탁탁탁—

신나라는 의도적으로 양팔을 안쪽으로 많이 꺾으려다 보니까 달리는 자세가 조금 불안했다.

하지만 어깨가 열리고 히프가 뒤뚱거리는 것이 아까보다 많이 좋아졌다.

"팔을 자연스럽게 흔들어라!"

나란히 달리면서 태수가 소리 질렀다.

"팔이 아니라 어깨를 흔든다고 생각해라!"

"어깨요?"

"그래! 어깨를 흔들어라!"

태수가 거리를 두고 쳐다보니까 신나라의 달리는 모습이 조금 전보다 좋아졌다.

그는 손목시계를 작동하여 스톱워치를 눌렀다.

"3분 페이스로 간다!"

"네!"

"땅을 보지 말고 시선을 정면 30m에 고정해라!"

"네!"

타타타타탁탁―

그렇게 1분을 체크해 보니까 주행회수가 195다. 원래 184였으니까 팔 흔들기를 교정한 것만으로 주행회수가 11회나 빨라졌다.

태수는 신나라의 교정된 달리는 모습을 보면서 이것저것 지적할 것이 많았으나 참았다.

괜히 여러 가지를 교정하려고 덤벼들었다가 죽도 밥도 안 되고 혼란만 줘서 오늘 밤 여자 10,000m 결승에서 좋지 않은 결과가 나올 수도 있기 때문이다.

그러다가 태수는 번쩍 생각나는 게 있다.

'플랫주법이 있었다. 그걸 잊고 있었다니……'

언젠가 동영상에나 마라톤 자료에서 접한 적이 있는 주법인데 지금의 신나라에게 딱 맞는 주법이다. 하지만 그것도 나중으로 미뤘다.

"팔을 더 자연스럽게! 그리고 더 짧게 흔들어라!"

"네!"

탁탁탁탁탁―

한 시간 정도만 훈련하려고 나왔는데 하다 보니까 어느새 점심시간이 거의 다 됐다.

"감을 어느 정도 익혔니?"

"잘 모르겠어요."

태수의 물음에 신나라는 자신 없게 대답했다.

"선배님 보시기에는 괜찮아진 것 같아요?"

"좋아졌다."

"정말요?"

신나라는 두 손을 맞잡고 팔짝 뛰며 좋아했다.

사실은 몰라볼 정도로 좋아졌지만 태수는 그 정도로만 해두었다.

"마지막 점검을 해보자."

"네!"

지칠 법도 한데 태수의 말에 신나라는 콧노래를 부르듯이 대답했다.

"딱 3분만 뛰는 거다."

"네!"

"출발!"

태수는 외치면서 스톱워치를 작동하여 뛰어나갔다.

밤 8시 10분. 베이징 궈자티위창종합경기장.

트랙에서는 10,000m에 출전하는 여자 선수들이 몸을 풀고 있다.

오늘 경기에 출전하는 선수는 모두 25명이고 케냐가 3명,

에티오피아 2명, 러시아와 미국, 캐나다, 일본, 중국이 각 2명이며 대한민국은 신나라 한 명이다.

바야흐로 육상 10,000m 세계적 여자 선수들이 이 대회에 다 모였다. 세계대전이라고 불릴 만하다.

그중에서도 취재진들의 집중적인 카메라플래시 세례를 받고 있는 사람이 있다.

현존하는 중장거리 최고의 여자 선수인 에티오피아의 티루네시 디바바다.

그녀는 2008년 노르웨이 오슬로에서 열린 골든리그 육상 5,000m에서 14분 11.15초로 세계 신기록을, 같은 해 2008년 베이징올림픽 10,000m에서 29분 54.66초로 올림픽 신기록을 수립하면서 우승, 1주일 후 같은 베이징올림픽 5,000m에서도 우승했다.

그로써 디바바는 같은 올림픽에서 5,000m와 10,000m를 동시에 우승한 최초의 더블챔피언 여자 선수가 되었다.

디바바는 이어서 2012년 런던올림픽 10,000m에서 다시 한 번 우승했고, 이후 모스크바세계육상선수권대회 10,000m에서도 우승을 하는 전설적인 위업을 이룩했다.

'아기 얼굴을 가진 파괴자'라는 별명을 지닌 티루네시 디바바가 이번 대회에 참가한 것이다.

여자 10,000m 세계기록은 중국의 왕쥔샤가, 그리고 올림픽

기록은 디바바가 갖고 있다.

"태수야, 쟤 뭐하는 거냐?"

관중석 맨 아랫줄 대한민국 대표단 지정석에 앉은 심윤복 감독이 트랙에서 조깅을 하면서 몸을 풀고 있는 신나라를 가리켰다.

옆자리에 앉은 태수는 신나라를 보며 빙그레 웃었다.

"나라의 새 주법입니다."

"새 주법?"

심윤복 감독은 미간을 찌푸렸다. 그는 태수하고 신나라, 윤미소가 새벽에 일어나서 어딘가에 갔다가 오후에 돌아왔다는 사실을 알고 있다.

그래서 아마도 태수가 신나라에게 뭘 가르치려는 것이려니 짐작했었다.

심윤복 감독은 태수를 믿기 때문에 그를 꾸짖기보다는 신나라의 새 주법이라는 것을 자세히 관찰했다.

그렇지만 신나라가 그저 조깅을 하면서 몸을 푸는 정도라서 도대체 뭐가 변했는지 알 수가 없었다.

역시 티루네시 디바바가 장내 아나운서에 의해서 제일 먼저 소개되었다.

그다음에는 2011년 대구세계육상선수권대회 10,000m 우승자이며 베를린세계육상선수권대회 5,000m 우승자인 케냐의 비비안 체루이요트. 이 선수도 이번 경기의 강력한 우승후보다.

그다음에 소개된 선수는 뜻밖에도 중국의 둥펑(東風) 선수다. 그러면서 전광판에 영문으로 자막이 떴다.

WL : 30 : 47.56.
PB : 30 : 47.56.

WL이라는 것은 올 시즌 세계에서 가장 좋은 기록이고, PB는 개인 최고기록이다.

디바바와 체루이요트는 올해 공식적으로 10,000m대회에 참가한 적이 없어서 올해 기록이 없다.

그런 상황에 중국의 둥펑 선수가 두 사람 기록에 매우 근접하는 기록을 냈다는 사실은 그녀가 떠오르는 신성(新星)이라는 뜻이다.

10,000m에 처녀 출전한 풋내 나는 신나라가 소개되지 않은 것은 이상한 일이 아니다.

뒤쪽 출발선에 여러 선수와 서서 출발 자세를 취하고 있는 신나라가 관중석의 태수 쪽을 쳐다보았다.

태수가 손을 흔들려고 하는데 옆에 앉은 윤미소가 참견을 했다.

"나라에게 하트 만들어줘."

"……."

"시키는 대로 해봐."

윤미소가 꽤나 진지한 표정이라서 태수는 어색한 표정을 지으며 신나라를 보면서 두 팔을 구부려서 머리 위에 대고 하트 모양을 만들었다.

그러자 신나라가 까무러칠 듯이 좋아하면서 눈이 반짝반짝 빛나는 게 똑똑히 보일 정도다.

땅!

드디어 총성이 울리고 25명의 여자 선수가 일제히 뛰어나 갔다.

타타타타탁—

"쟤… 쟤 뭐하는 거냐?"

심윤복 감독은 자신의 눈을 의심하면서 자리에서 벌떡 일어나 신나라를 가리켰다.

놀라기는 태수나 윤미소 등도 마찬가지다. 후미에서 달리고 있던 신나라가 5랩째부터 앞으로 쑥쑥 치고 나가고 있기 때문이다.

"설마 쟤……."

심윤복 감독은 어이없는 얼굴로 신나라를 쳐다보다가 태수를 쳐다보며 물었다.

"태수 네가 시킨 거냐?"

"아닙니다."

지금 신나라가 보여주고 있는 모습은 대회 첫날밤에 태수가 10,000m에서 실행했던 바로 그 작전, 즉 선두로 치고 나가서 골인 때까지 이른 페이스로 달리는 것과 비슷했다.

아니, 비슷한 게 아니라 똑같다는 게 7랩째에 드러났다.

신나라가 단독 선두로 쭉쭉 달려 나가고 있었다.

태수는 당황해서 심윤복 감독에게 해명했다.

"감독님, 전 나라에게 저렇게 하라고 하지 않았습니다. 저는 후반에 가서 치고 나가라고……."

"아니다. 저거 괜찮은 작전이다."

그런데 뜻밖에 심윤복 감독이 흥분을 감추지 못하고 일어선 채 앞의 난간을 두 손으로 붙잡고 진지한 표정을 지었다.

태수는 신나라가 8랩째 출발선을 지날 때 전광판의 시간을 봤다.

9분 44.67초, km당 2분 57초, 1랩당 71초다.

10,000m 여자 선수들이 출발 직후에 평균 1랩당 75~76초인 것보다 4~5초나 빠르다.

시속 20.34km/h이고 초속 5.65m/s이므로 ×4만 해도 무려

22.6m다.

신나라가 뒤처진 2위 그룹을 1랩에 22.6m씩 떨어뜨리고 있다는 뜻이다.

신나라도 마라톤에서 후반이 약하다. 하지만 이건 마라톤 풀코스가 아니라 10,000m다.

신나라는 북해도마라톤대회 때 10,000m를 29분대에 뛰었던 적이 있었다.

더구나 그녀는 그동안 푹 쉬면서 테이퍼링을 잘했기 때문에 이건 충분히 해볼 만한 게임이라고 생각한 심윤복 감독은 저절로 주먹이 힘껏 쥐어졌다.

신나라 뒤로 15m 거리에 일본 선수 니야가 달리고 있다.

니야는 런던올림픽에서도 초반부터 치고 나가 선두로 달리는 작전을 펼쳤다가 후반에 디바바와 케냐 선수들에게 역전을 당해서 5위를 한 경험이 있는 선수다.

그런데 니야는 이번 대회에서도 초반부터 선두로 치고 나가는 작전을 세운 모양이다.

하지만 니야는 선두를 신나라에게 양보할 수밖에 없다. 기록상 니야는 1랩당 73초 이상의 속도를 낼 수가 없다.

니야 뒤쪽 30m 거리에서 케냐의 체루이요트와 역시 케냐의 킵예고가 뒤따르고 있으며, 그 뒤에 디바바와 중국 선수 둥펑이 달리고 있다.

그녀들이 허둥거리지 않는 걸 보면 신나라와 니야를 조금도 경계하지 않는 것 같았다.

하긴 2012년 런던올림픽 때도 일본 선수 니야는 지금처럼 초반에 질주했었기 때문에 별것 아니라고 생각할 것이다.

디바바나 체루이요트는 니야하고 뛰어본 경험이 있지만 신나라하고는 처음이다.

하지만 신나라는 어떤 선수에게도 경계 대상이 아니기 때문에 니야보다도 수준이 떨어지는 선수쯤으로 어필되어 있을 것이다.

하늘이 돕는다는 것은 이럴 때 쓰는 말이다. 쟁쟁한 선수들의 방심이 신나라를 돕고 있다.

태수는 신나라의 달리는 모습을 세밀하게 관찰했다.

조금 어설퍼 보이기는 하지만 신나라는 오늘 오전 내내 태수하고 함께 훈련했던 것을 그런대로 잘해내고 있다.

신나라가 멀어졌을 때는 잘 보이지 않지만 그녀의 1분당 주행회수를 재봤다.

204회. 아까 오전에 마지막으로 쟀을 때 198회였었는데 지금은 그때보다 6회나 더 늘었다.

신나라는 내리막 질주 때 스트라이드가 168㎝였으나 평지를 달릴 때는 그보다 3㎝ 짧은 165㎝였다.

그렇지만 지금 현재 주행회수가 최초 184회보다 20회나 늘었고 스트라이드도 최초 158㎝보다 7㎝나 커졌으므로 이번에는 기대해 볼 만하다.

신나라는 오랫동안 육상선수로 활동하면서 자신의 주법이 몸에 배었으나 경북 풍기읍 죽령재에서 며칠 동안의 강훈과 오늘 오전의 연습이 큰 효과를 보고 있는 게 분명하다.

탁탁탁탁탁탁…….

"하아앗! 하아앗! 하아앗!"

신나라는 20랩까지도 선두를 유지하고 있다. 그녀는 두 걸음마다 호흡하는 후후! 하하! 가 아니라 세 걸음마다 숨 쉬는 후우우! 하아아! 라서 호흡 소리가 독특했다.

태수와 심윤복 감독, 윤미소, 나순덕, 손주열까지 모두 일어나 고래고래 악을 쓰면서 신나라를 응원했다.

신나라의 20랩 8,000m 기록은 24분 15.45초.

㎞당 3분 2초 페이스이고 1랩당 72.08초의 속도다.

초중반의 1랩당 71초보다 1.08초가 늦어졌다.

그렇지만 2012년 런던올림픽 20랩의 기록은 24분 34.07초로 지금 신나라보다 9초가 늦었다.

다만 그 당시 선두를 달리던 에티오피아의 키다니는 1랩당 71.91초였고 ㎞당 2분 57.29초의 속도로 지금의 신나라보다는

1랩당 0.9초, ㎞당 약 5초 정도 빨랐었다.

현재 선두는 신나라고 60m 후미에서 체루이요트와 디바바. 등펑의 순서로 뒤따르고 있다.

일본의 니야는 아예 3위 그룹으로 처져 있다.

신나라는 갈수록 속도가 조금씩 떨어지고 있는 반면 2위 그룹은 더 이상 거리가 벌어지지 않고 있다.

그렇다는 것은 2위 그룹이 신나라와 비슷한 속도로 달리고 있다는 뜻이다. 더구나 2위 그룹은 이븐 페이스에 가깝고 신나라는 많이 지쳐 있는 상태다.

'이 상황에서 2위 그룹이 2랩을 남겨두고 스퍼트하면 나라가 위험해진다!'

태수는 신나라를 뚫어지게 주시하면서 어떻게 해야 할지 머리를 짜냈다.

수만 관중의 우레 같은 함성과 박수 속에 신나라가 점점 관중석의 태수 쪽으로 달려오고 있다.

신나라가 이번에 태수 앞을 지나치면 앞으로 4랩 1,600m만 남게 된다.

태수가 봤을 때 2위 그룹의 체루이요트나 디바바는 분명히 2랩 남겨두고 스퍼트를 할 것이다. 원래 디바바는 1랩을 남겨두고 스퍼트를 하지만 지금은 상황이 다르다.

디바바가 선두 신나라하고 60m를 좁히려면 최소한 2랩

800m는 필요할 것이다. 그렇기 때문에 2랩에서 분명히 스퍼트를 한다.

탁!

태수는 윤미소가 갖고 있는 팜플렛을 낚아채서 둘둘 말아 나팔처럼 만들어 입에 대고는 신나라가 가장 가깝게 달려오고 있을 때 냅다 고함을 질렀다.

"나라야! 디바바 뒤에 붙어라!"

심윤복 감독이 태수를 쳐다봤다. 무슨 말이냐는 표정이 아니라 '기가 막힌 작전이다!'라는 표정이 역력하다.

신나라가 태수를 힐끗 쳐다보았다. 그의 외침을 들은 게 분명하다.

관중의 함성이 크다고 해도 태수와 신나라의 직선거리는 30m 남짓이므로 그의 고함을 들은 것이다. 그걸 증명이라도 하려는 듯 신나라가 갑자기 속도를 높였다.

신나라는 아직 지치지 않았다. 아니, 지치기는 했지만 마지막 최후의 힘을 남겨두고 있었다. 2위 그룹이 스퍼트를 하면 거기에 대처하려고 남겨둔 힘이었다. 그걸 태수의 말에 따르기 위해서 쓰고 있다.

태수가 10,000m에서 은메달을 땄을 때의 작전은 2개였었다. 하나는 선두로 치고 나가는 것이고, 또 하나는 2위 그룹의 꽁무니에 따라붙는 것이었다.

신나라는 그 작전을 그대로 써먹으려고 했는데 첫 번째 작전을 사용하고 나서는 힘이 달려서 두 번째를 시도하지 못하고 있었다.

그런데 태수의 외침을 듣고 갑자기 힘이 부쩍 나서 두 번째 작전을 시도한 것이다.

탁탁탁탁…….

"하아앗! 하아앗! 하아앗!"

1랩을 돌고 3랩 1,200m를 남겨두었을 때 신나라는 맹렬하게 후미주자들을 추월하면서 2위 그룹의 250m까지 따라붙었다.

그렇다는 것은 신나라와 2위 그룹의 거리가 60m에서 150m로 벌어졌다는 의미다.

2위 그룹이 2랩 남겨두고 스퍼트를 해야 할 상황에서 신나라가 먼저 스퍼트를 했으며 오히려 거리를 더 벌려놓았다.

이쯤 되니까 디바바로서도 가만히 있을 수 없게 되었다. 이대로 있다가는 마지막 스퍼트를 해서도 1위는 물 건너 가버리고 자기들끼리 진흙탕에서 2위 다툼을 벌여야 할 판국이기 때문이다.

와아아!

관중의 함성이 더욱 커졌다. 디바바와 체루이요트, 둥펑이 드디어 스퍼트를 했기 때문이다.

태수는 급히 전광판을 쳐다봤다. 선두인 신나라의 8,800m

현재 기록은 27분 17.43초, 속도는 km당 2분 54.39초, 1랩당 69.75초.

태수가 봤을 때 신나라로서는 저렇게 빠른 속도를 생전 처음 내보는 것이 분명하다.

저 상황에서는 심장과 허파가 금방이라도 터지기 직전이고 거의 제정신이 아니다. 태수가 경험해 봤기 때문에 누구보다도 잘 안다.

그러므로 신나라가 저렇게 달리다가는 마지막 2랩을 남겨두고 리타이어하거나 갑자기 속도가 뚝 떨어져서 메달권에 들지 못할 것이라는 게 태수의 예상이다.

태수는 다가오고 있는 신나라를 향해서 팜플렛으로 나팔을 만들어 입에 대고 악을 썼다.

"나라야—! 3분 페이스다—! 3분 페이스—!"

신나라가 지친 기색이 역력한 얼굴로 태수 쪽을 힐끗 쳐다보더니 갑자기 속도를 뚝 떨어뜨렸다.

태수는 아차 하는 생각이 들었다.

신나라는 지금 속도 감각이 현저히 사라졌을 텐데 km당 2분 54초 페이스로 달리다가 갑자기 3분 페이스로 늦춘다는 것이 훨씬 더 늦춰 버리고 말았다.

"태수야……"

누구보다도 태수의 의도를 잘 파악하고 있는 심윤복 감독은 신나라의 속도가 갑자기 뚝 떨어지자 당황해서 아무런 의미도 없이 태수를 불렀다.

"감독님! 나라는 우리가 생각하는 것보다 느리지 않습니다!"

태수가 신나라에게 시선을 고정시키고 외쳤다.

"현재 나라는 3분 10초 페이습니다!"

심윤복 감독은 스퍼트를 해서 맹렬한 속도로 따라붙고 있는 디바바와 체루이요트, 둥펑을 쳐다보았다.

런던올림픽 때도 그랬고 모스크바세계육상선수권대회에서도 디바바는 25랩 중에서 24랩의 속도가 ㎞당 2분 50초, 1랩당 68.10초였다.

심윤복 감독이 보니까 디바바 등의 속도가 거의 그 당시와 비슷했다.

신나라는 ㎞당 3분 10초 페이스인데 디바바 등은 2분 50초. 20초나 빠르다. 그렇다면 디바바의 초속이 5.9m/s니까 ×20 하면 118m다.

현재 신나라와 디바바의 거리가 150m인데, 이 속도면 1랩에 신나라와의 거리를 32m까지 좁힐 수 있다.

그리고 마지막 랩에서는 디바바가 지금보다 더 속도를 높일 테니까 가뿐하게 신나라를 추월할 수 있다는 얘기가 된다.

"감독님! 나라를 믿어보십시오!"

태수의 외침은 심윤복 감독에게 하는 것이 아니라 자신에게 하는 말이다.

태수는 신나라가 우승까지 하는 것은 바라지 않는다. 할 수만 있으면 우승을 하면 좋겠지만, 은메달이나 동메달을 따도 상관없다.

신나라의 가능성을 타라스포츠와 대한육상경기연맹에 보여주고, 나아가서는 신나라 자신에게 하면 된다는 자신감을 심어줄 수 있다면 그걸로 만족한다.

탁탁탁탁탁—

"하아악! 하아악! 하아악!"

㎞당 3분 10초 페이스까지 뚝 떨어뜨렸던 신나라는 조금씩 기운을 회복했다.

오토바이처럼 뛰어대던 심장박동도, 풍선처럼 팽팽하게 부풀어서 언제 터질지 모르던 허파도 이제는 조금 가라앉았다.

신나라의 느낌으로는 '죽다가 살아났다'였다.

신나라가 뒤돌아보니 2위 그룹의 디바바가 선두로 약 100m까지 좁혀오고 있었다.

'이 상황에서 선배님이 어떻게 하셨는지 알아.'

신나라는 속도를 ㎞당 3분 페이스로 높였다. 그 정도로만 달려도 피니시까지 따라잡히지 않을 거라고 생각했다.

마지막 1랩 400m만 남은 상황이다.

와아아아ㅡ

10,000m 경기에서는 보기 드물게 벌어지는 상황 때문에 귀자티위창종합경기장의 5만여 관중은 흥분하여 우레 같은 함성을 질러댔다.

과연 디바바는 현존하는 중장거리 여자 선수 중에서 최고라고 불릴 만했다.

마지막 1랩 남은 지금 상황에 디바바는 신나라의 후미 50m까지 따라붙었다.

2랩 남았을 때 거리가 100m였는데 1랩에 50m를 좁혔다면 마지막 1랩에 충분히 50m를 좁혀서 신나라를 추월할 수 있다는 얘기다.

현재 신나라의 속도는 km당 3분 3초. 1랩당 73.2초다.

반면에 디바바는 km당 2분 39초, 1랩당 63.6초라는 엄청난 속도다.

디바바의 초속은 6.29m/s. 신나라보다 1랩당 약 10초 빠르니까 6.29m×10초=62.9m.

마지막 1랩 남은 상황에서 디바바가 신나라에게 50m 뒤처져 있기 때문에 디바바가 피니시라인에 골인할 때에는 신나라를 무려 12.9m나 앞선다는 뜻이다.

그 정도 계산은 태수나 심윤복 감독도 할 줄 알기에 초조함과 긴장감이 극에 달했다.

그렇지만 지금 상황에서는 태수라고 해도 신통한 작전이 떠오를 리 만무하다.

탁탁탁탁탁탁……

"하악! 하악! 하악! 학학학학……."

원래 세 걸음 호흡을 하는 신나라가 지금은 두 걸음 호흡을 하고 있다.

할 수만 있다면 그녀는 한 걸음 호흡이라도 하고 싶을 정도로 숨이 가쁜 상황이다.

신나라는 마지막 랩 곡선주로를 달리기 시작했다.

앞으로 남은 거리는 290m 정도.

신나라가 곡선주로를 다 돌고 직선주로로 들어설 때 왼쪽을 쳐다보았더니 디바바가 곡선주로 중간쯤을 바람처럼 질주해 오고 있다. 거리는 약 30m 남짓.

디바바는 조금 전보다 20m를 더 좁혔다.

지금 속도라면 신나라는 80m 직선주로가 끝나고 마지막 곡선주로가 끝나는 지점에서 디바바에게 추월당할 것 같다.

디바바는 점점 더 빨라지고 있다. 조금 전에는 ㎞당 2분 39초의 속도였으나 지금은 2분 35초까지 빨라졌다. 그러면서도 조금도 힘들어 보이지 않는 표정이다.

신나라는 아무리 빨리 달려도 ㎞당 2분 50초 이상의 속도를 내지 못한다.

그렇기 때문에 디바바에게 한 번 추월당하면 죽었다가 깨어나도 그녀를 다시 추월하지 못할 것이다.

그러니까 무슨 일이 있어도 디바바에게 추월당하지 않는 것이 최선이다.

디바바는 독주(獨走)하고 있어서 그녀의 40m쯤 뒤에 체루이요트와 둥펑이 앞서거나 뒤서거니 달리고 있다.

그래서 신나라로서는 디바바에게 추월당한다고 해도 충분히 2위로 골인할 수 있다.

하지만 신나라는 막상 달려보니까 1위도 할 수 있을 것 같다는 생각이 들었다. 그녀는 자신이나 대한민국이 아니라 태수를 위해서 꼭 1위를 하고 싶었다.

'선배님, 저에게 힘을 주세요……'

대다수의 사람은 이런 상황에서 하느님을 찾는데 신나라는 태수를 불렀다.

그때 신나라는 어떤 생각이 번쩍 머리를 스쳤다.

그녀에겐 태수의 부적이 있다.

타타타탁탁탁…….

"하앗! 하아앗! 하앗! 하아앗!"

이윽고 신나라의 달리는 속도가 조금씩 빨라지기 시작했다.

모두들 신나라가 디바바에게 따라잡힐 것이라고 예상했던 곡선주로가 끝나는 지점에서도 신나라는 여전히 선두로 달리고 있다.

곡선주로가 끝나고 직선주로가 시작되는 곳에서 신나라의 속도는 km당 2분 57초로 빨라졌으며 맹추격하고 있는 디바바하고의 거리는 8m.

곡선주로가 끝나고 직선주로가 나타나면 중간 45m 지점이 피니시라인이다.

지금 속도라면 신나라가 디바바에게 따라잡히고 만다.

탁탁탁탁탁탁탁―

"학! 학! 학! 학!"

이 순간 신나라의 주법은 어느덧 태수가 오늘 오전에 가르쳤던 모습을 완벽하게 재현하고 있었다.

시선은 전방 30m. 상체를 비스듬히 앞으로 쓰러뜨리듯이 숙이고, 두 손을 비스듬히 안쪽으로 짧게 흔들면서 물 위를 걷듯이 미끄러지면서 달린다.

나중에 밝혀진 기록에 의하면 이때 신나라의 1분당 주행회수는 무려 216회였다고 한다.

태수와 심윤복 감독, 윤미소들만이 아니라 궈자티위창종합경기장에 운집한 전 관중이 모두 일어나 경기장이 떠나갈 것 같은 함성을 지르고 박수를 쳤다.

우와아아아—!

와르르르르—

피니시라인을 20m 남겨두고 신나라가 대시하고 그 뒤 5m 에서 디바바가 ㎞당 2분 30초의 무시무시한 속도로 거리를 좁히고 있다.

피니시라인을 15m 남겨둔 지점에서 신나라의 순간속도가 놀랍게도 ㎞당 2분 45까지 상승했다.

'아아…….'

이것은 또 다른 러너스 하이다. 신나라는 자기가 마치 무지개 위를 조금도 힘들이지 않고 달리는 듯한 착각을 느꼈다.

이 순간만큼은 아무 소리도 들리지 않았고 아무 생각도 나지 않았다.

타타타탁탁탁탁…….

"학학학학!"

"스탑! 스탑!"

신나라는 누군가 옆에서 바짝 따르면서 큰 소리로 외치는 소리를 들었다.

그녀는 옆에서 진행요원이 맹렬히 두 팔을 저으면서 그만 달리라는 시늉을 하며 "스탑! 스탑!"을 외치는 걸 들었다.

그래서 뒤돌아보니까 그녀는 이미 피니시라인을 30m 이상이나 지나쳐서 달리고 있었다.

"하아악! 하아악! 학학학……."

신나라는 그 자리에 멈춰서 가쁜 숨을 몰아쉬며 순위가 어떻게 되었는지 알아보려고 두리번거렸다.

그때 디바바가 다가와서 조금도 숨 가쁘거나 힘들지 않은 얼굴로 신나라를 살짝 포옹해주었다.

"컹그레츄레이션, 뉴 챔피언."

"아아……."

여러 명의 취재진이 신나라에게 몰려들면서 마구 플래시를 터뜨렸다.

파파파파팟!

신나라는 이끌리듯 대형 전광판을 쳐다보았다.

30분 37.47초.

세계기록이나 올림픽, 세계육상선수권대회 기록에는 미치지 못하지만 이은정이 갖고 있는 32분 43.35초의 한국기록을 경신했다.

신나라는 대형 전광판 맨 위 첫 번째에서 반짝이고 있는 자신의 이름과 기록을 보고서야 비로소 1위를 했다는 사실을 깨달았다.

2위 디바바의 기록은 30분 38.66초. 신나라보다 1.19초 늦은 기록이다.

"아!"

신나라는 갑자기 정신이 번쩍 들어서 트랙을 비스듬히 가로질러 관중석을 향해 달리기 시작했다.

그녀의 돌발 행동에 취재진들과 진행요원들이 우르르 뒤쫓으며 달렸다.

신나라는 관중석의 대한민국 대표단 지정석으로 뻗은 계단을 한달음에 달려 올라갔다.

심윤복 감독은 신나라가 자기를 향해 뛰어오자 환하게 웃으면서 두 팔을 벌렸다.

그러나 신나라는 심윤복 감독을 지나쳐서 그 옆에 서 있는 태수의 품으로 뛰어들었다.

"선배님—!"

태수는 깜짝 놀랐으나 신나라를 안아주며 등을 토닥였다.

"우와앙~! 선배님! 저 해냈어요! 선배님 덕분이에요!"

"잘했다! 잘했어! 나라야!"

신나라는 태수의 품에 안겨서 어린아이처럼 엉엉 울음을 터뜨렸다.

태수와 심윤복 감독, 윤미소, 나순덕, 손주열 모두 두 사람을 보면서 미소 지으며 눈물을 흘렸다.

5만여 명의 관중은 대형 TV를 통해서 그 광경을 보며 천둥처럼 박수를 보내주었다.

차로 이동하고 있는 중에 민영은 걸그룹 아프로디테 멤버들과 차량용 TV로 베이징세계육상선수권대회 여자 10,000m 경기를 보고 있었다.

"와아아! 금메달이야!"

"꺄아악! 민영아! 신나라가 우승했어!"

아프로디테 멤버 효연과 스칼렛, 미셸은 비명을 지르면서 박수를 쳤다.

민영은 기도하듯이 두 손을 모으고 TV 화면에 시선을 고정시킨 채 눈물을 글썽였다.

TV 화면에는 태수와 신나라가 감격적인 포옹을 하고 있는 장면이 중계되고 있다.

마이크를 가까이 댔는지 신나라와 태수의 울음소리 목소리가 그대로 전해졌다.

―우와앙~! 선배님! 저 해냈어요! 선배님 덕분이에요!

―잘했다! 잘했어! 나라야!

민영은 신나라가 여자 10,000m에서 우승을 할 줄은 터럭만큼도 기대하지 않았었다.

그렇지만 평소에 태수가 신나라에게 공을 들이고 그녀가

훈련할 때면 태수가 반드시 함께하면서 이것저것 가르치고 교정해 준다는 사실을 알고 있었다.

더구나 우승을 한 신나라가 심윤복 감독이 아닌 태수에게 달려와서 안긴 모습을 보면 태수가 얼마나 신나라에게 노력을 쏟았는지 미루어 짐작할 수가 있다.

펄럭……

베이징 궈자티위창종합경기장에 3번째 태극기가 게양되고 있었다.

그리고 시상대 가장 높은 곳에는 아담하고 왜소한 체구의 소녀 신나라가 목에 반짝이는 금메달을 걸고 오른손을 가슴에 댄 채 애국가를 부르고 있다.

무궁화 삼천리 화려강산 대한사람 대한으로 길이 보전하세.

바다 건너 대한민국에서는 4천 9백만 국민이 이 감격스러운 장면을 지켜보면서 눈물을 흘렸다.

시상대 신나라 옆에는 2위 디바바와 3위를 한 중국의 둥펑이 만면에 환한 미소를 지으며 서 있었다.

제18장
NEW WR(World Record)

'아기 얼굴을 가진 파괴자.'

올림픽과 세계육상선수권대회에서만 8개의 금메달을 딴 중장거리 육상의 전설이며 에티오피아의 영웅 티루네시 디바바가 대한민국의 19세 소녀 신나라에게 패했다.

이 메가톤급 베이징발 뉴스는 삽시간에 전 세계로 퍼져 나가서 세계육상계를 충격에 빠뜨렸다.

태수와 신나라, 윤미소, 손주열 4명은 베이징 시내에 구경을 하러 나왔다.

일행은 베이징에서도 가장 번화가인 왕푸징(王府井)거리를 구경하면서 걸어갔다.

"와아! 저기 봐요."

바지 주머니에 두 손을 찌르고 걷는 태수의 팔에 매달리다시피 가고 있는 신나라가 길 맞은편 건물을 가리키며 탄성을 질렀다.

신나라가 가리킨 곳은 거리 건너편 고층빌딩이며 10층쯤 높이에 대형 전광판이 있고 거기에 타라스포츠의 광고, 즉 태수가 타라스포츠브랜드의 고급 스포츠웨어를 입고 있는 모습이 나타나 있었다.

대형 전광판의 준수한 얼굴에 늘씬한 몸매를 자랑하면서 포즈를 취하고 있는 태수의 모습을 태수를 비롯한 신나라 등은 잠시 발길을 멈추고 바라보았다.

대형 전광판은 몇 초 정도 한 장면을 보여주다가 다른 장면으로 바뀌었다.

그다음 화면은 태수가 호주 골드코스트 서퍼스파라다이스 해변에서 늘씬한 비키니 차림의 여자 모델들과 촬영한 사진에 이어서 동영상이 나왔다.

태수는 잘 빠진 몸매에 가슴과 팔다리의 근육이 구릿빛으로 발달되었으며, 복근은 말 그대로 뚜렷한 식스팩이라서 보는 사람들, 특히 여자들의 시선을 사로잡았다.

15초쯤 지난 뒤에는 대형 전광판에 태수와 민영이 타라스 포츠브랜드의 여러 복장으로 연인처럼 포즈를 취한 장면이 이어졌다.

세계적인 걸그룹 아프로디테의 노래는 빌보드차트 100위 안에 5곡이 올랐을 정도로 인기가 높다.

아프로디테 멤버 4명이 함께 활동하기도 하고 또 각자 앨범을 내거나 영화, 드라마에서 바쁘게 활약하고 있지만 그래도 민영의 인기가 단연 최고다.

반면에 태수는 오로지 줄기차게 마라톤만 했을 뿐인데도 민영 이상의 인기를 구가하고 있다.

일례를 들자면, 베이징세계육상선수권대회에 참가한 취재기자들이 선수 중에서 뽑은 5명의 스포츠 톱스타, 즉 탑5에 태수가 포함됐다는 사실이다.

1위는 100m, 200m, 400m×4계주 세계기록 보유자 자메이카의 인간번개 우사인 볼트.

2위는 장대높이뛰기 5.06m의 세계기록을 갖고 있는 러시아의 미녀새 엘레나 이신바예바.

3위는 중장거리의 황제이며 살아 있는 전설 에티오피아의 케네니사 베켈레.

4위는 역시 중장거리의 여황이며 '아기 얼굴을 가진 파괴자'로 불리는 에티오피아의 티루네시 디바바.

5위는 마라톤 아시아 신기록 보유, 세계육상선수권대회 마라톤 신기록 경신, 하프마라톤 세계기록 보유, 윈드 마스터라는 닉네임을 지닌 대한민국의 한태수.

태수가 인기를 끌고 있는 이유는 마라톤만 잘해서가 아니다. 타라스포츠에서 대대적으로 태수를 광고모델로 활용하면서 인기가 높아졌다.

즉, 태수는 타라스포츠를 광고하고 있지만 자기 자신도 광고하는 일석이조의 효과를 보고 있는 것이다.

"선배님은 본부장님하고 정말 잘 어울려요."

다시 걷기 시작하면서 신나라가 방금 전에 보았던 대형 전광판에서의 태수와 민영의 연인 같은 포즈를 상상하며 부러운 표정으로 말했다.

"선배님은 본부장님하고 결혼하실 거죠?"

신나라가 당연하다는 듯이 묻자 뒤따르던 윤미소가 그녀의 머리를 살짝 쥐어박았다.

콩.

"아얏."

"태수 애인은 따로 있어."

"정말이에요? 누군데요?"

태수 뒤에서 손주열과 나란히 따라오고 있는 윤미소는 태수 뒤통수를 보면서 의미심장한 미소를 지었다.

"태수 어제 하루 종일 안 보였었지?"

"네. 저도 선배님을 한참 찾았어요."

"한국에 있는 태수 애인이 베이징까지 찾아와서 하루 종일 그녀와 같이 있었어."

"와아… 정말요?"

신나라는 충격을 받은 듯한 얼굴로 걸으면서 태수를 쳐다보았다.

"저는 선배님하고 본부장님이 워낙 친해서 연인 사이인 줄 알았어요."

"내가 보기에 본부장은 태수를 좋아하는 거 같아."

윤미소의 말에 신나라가 뒤돌아보며 놀랐다.

"그래요?"

"태수도 본부장을 좋아할걸?"

"예엣?"

신나라는 깜짝 놀라서 이번에는 태수를 쳐다보았다.

"그럼 선배님은 애인과 본부장님 둘 다 좋아하는 건가요? 말하자면 그거 두 다리……."

"양다리."

"아! 양다리인 거예요?"

태수는 대답하지 않았다. 아니, 못 했다. 그리고 그것에 대해서 가만히 생각해 보았다.

혜원을 사랑하는 것은 당연하지만 그는 민영이도 좋아하고 있는 게 솔직한 마음이다. 단지 민영이를 혜원이만큼 사랑하지 않을 뿐이다.

사람의 감정이라는 것이 참으로 이상해서 이건 되고 저건 안 된다고 딱 자르지 못하는 것 같다.

민영이하고는 끊임없이 만나고 부딪치다 보니까 정이 들어 버린 케이스다.

'아니다. 민영이는 단지 여동생일 뿐이다.'

태수는 자신에게 최면을 걸듯 머리를 가로저었다.

"젠후즈어!"

그때 지나가던 행인 중에 여자 한 명이 갑자기 태수를 가리키면서 소리쳤다.

그러자 행인들이 걸음을 멈추고 태수를 쳐다보고는 그가 누군지 알아보고 우르르 몰려들었다.

"와아! 한태수!"

"젠후즈어!"

"젠후즈어!"

태수와 신나라 등은 깜짝 놀라서 걸음을 멈추고 당황했다.

"아앗! 태수야!"

"선배님……."

그런데 그때 갑자기 어디선가 정장 차림에 짙은 선글라스를 쓴 건장한 4명의 사내가 나타나서 태수 일행을 등지고 서서 사방에서 경호하며 외쳤다.

"투웨이(물러나라)!"

"춰부(뒤로 물러나라)!"

귀에 이어폰을 꽂고 있는 정장 사내들은 베이징세계육상선수권대회에 참가한 선수들, 특히 유명한 선수를 보호하는 경호원이다.

태수는 베이징세계육상대회에 참가한 203개국 2,800여 명의 선수 중에서 Top5에 뽑혔다.

그러나 중국 그것도 베이징에서의 인기도를 놓고 보자면 태수가 압도적인 1위일 것이다.

더구나 어젯밤 여자 10,000m에서 우승한 신나라까지 외출을 나왔으니 경호인들이 따라붙지 않았을 리가 없다.

그렇지만 왕푸징 번화가에서 순식간에 몰려들고 있는 수백 명의 인파를 4명의 경호원이 막아내기란 역부족이다.

인파의 90%는 젊은 여자들이며 손을 뻗어서 태수를 만지려고 하거나 휴대폰으로 사진을 찍으려고 아우성이다.

"와아아!"

"꺄아악! 꺅!"

"한태수! 젠후즈어!"

인파 때문에 경호원들이 밀려서 자꾸 뒷걸음질 쳤다.

태수가 손주열에게 급히 외쳤다.

"주열아! 미소하고 나라 데리고 빠져나가라!"

"알았어!"

사람들이 태수를 보려고 몰려드는 거니까 윤미소와 신나라를 피신시키려는 것이다.

손주열은 윤미소와 신나라의 팔을 잡고 인파를 뚫고 밖으로 빠져나갔다.

4명의 경호원은 태수 한 명만 등 뒤로 에워싼 채 도로 쪽으로 이동했다.

끽—

그때 승용차 한 대가 태수와 경호원들 옆에 급정거했다.

경호원 한 명이 급히 승용차 뒷자리 문을 열고 태수를 차 안으로 던지듯이 밀어 넣었다.

부아앙!

태수 혼자 태워진 승용차는 급발진하여 잠깐 사이에 거리 저쪽으로 사라졌다.

태수가 선수촌에 도착하고 나서 30분 후에 신나라와 윤미소, 손주열이 택시를 타고 돌아왔다.

태수는 별생각 없이 산책을 했다가 한바탕 호되게 곤욕을 치르고는 대회가 끝날 때까지 외출을 자제해야겠다고 마음먹었다.

"그런데 미소 언니, 아까 거리에서 사람들이 태수 선배님에게 뭐라고 소리쳤던 거죠?"

신나라의 물음에 윤미소가 대답했다.

"알아보니까 중국인들이 태수에게 '젠후즈어'라는 별명을 붙였다는데 그게 '정복자'라는 뜻이래."

"아… 정복자."

윤미소가 차분하게 설명했다.

"지금까지 마라톤을 비롯한 육상경기는 서양인들과 케냐인, 에티오피아인들의 잔치였어. 그런데 중국의 이웃 나라인 대한민국의 태수가 서양인들과 케냐인, 에티오피아인들을 차례로 이기면서 새로운 기록을 수립해 나가니까 비슷한 문화를 갖고 있는 중국인들이 태수를 응원하는 거지."

"그렇군요."

윤미소는 태수를 보면서 진지하게 말했다.

"귀국하면 태수한테 경호원을 고용하는 게 좋겠어."

네 사람이 태수 방에 모여 있는데 윤미소가 아까 왕푸징거리에서의 봉변에 식겁했는지 의견을 꺼냈다.

"설마 그렇게까지 할 필요가 있겠니?"

태수는 달가워하지 않는 표정이다.

윤미소는 까딱도 하지 않았다.

"태수 너 네가 얼마짜리 상품인지 아니?"

윤미소는 정색했다.

"너 하나에 목매고 있는 사람이 몇 명이나 되는 줄 알고서 그런 말을 하는 거야?"

"나한테 목매다니?"

"우선 나 윤미소의 고용주가 너잖아. 너에게 무슨 일이 생기면 내 밥줄이 끊어져."

윤미소가 손으로 자기 목을 긋자 신나라와 손주열도 덩달아 설레발이다.

"선배님 안 계시면 저는 꽝이에요."

"나도 꽝이다, 태수야."

"거봐라. 그뿐인 줄 아니?"

윤미소는 거창한 표정을 지었다.

"태수 니가 없으면 타라스포츠 어떻게 될 것 같니?"

"쫄딱 망하지 뭐."

손주열이 대신 대답했다.

"그래. 그럼 타라스포츠에서 월급 받고 사는 사람들이 무더기로 직장 잃고 거리로 나앉는 거야. 게다가 그 사람들 가족까지 치면 얼마나 될 것 같아? 아마 수천 명은 될걸?"

윤미소의 과장된 듯한 제스처와 말이 사실이라서 태수는 입도 벙긋 못했다.

윤미소는 태수 옆에 앉은 신나라를 쳐다보았다.

"귀국하면 태수 계약서 새로 작성할 때 나라도 계약 새로 하자고 그래야지."

"저도요?"

"그래. 너 세계육상선수권대회 금메달리스트잖아. 내가 지난번 계약서 작성할 때 니가 메달을 따면 계약 새로 하자고 명시했었어."

"명시… 가 뭐예요?"

"적었다고."

"아… 네."

손주열이 머뭇거렸다.

"나는 안 될까?"

손주열은 계약금 1억 5천만 원에 연봉 8천만 원에 계약했었다. 옵션 따위 다른 건 없다.

"할 수 있어."

"그래?"

"주열이는 이번 마라톤에서 2시간 9분대로 8위 했으니까 타라스포츠하고 한번 트라이해 보는 거야. 밑져야 본전이지. 그렇지만 태수한테 묻어서 가면 가능할 거야."

"태수한테 묻어서 가?"

"우리는 한 팀이다. 뭐 그런 거지."

"그래, 태수하고 나는 한 팀이지."

손주열은 윤미소의 손을 덥석 잡고 고개를 숙였다.

"부탁한다, 미소야."

"부탁은 태수한테 해야지."

손주열은 윤미소의 손을 얼른 놓고 태수의 손을 잡고 역시 고개를 숙였다.

"태수야, 너만 믿는다."

"야아… 주열아, 너."

태수는 어색하게 얼굴을 붉혔다.

윤미소는 눈을 가늘게 떴다.

"주열이는 연봉 조금 올리고 몇 가지 성과급 조항을 넣으면 될 거야."

손주열은 생각만 해도 행복한 표정을 지었다.

"미소야, 이제부터 니가 내 매니저도 해주면 안 될까?"

"페이 얼마나 줄 건데?"

"태수한테 얼마 받는데?"

"연봉 1억."

손주열은 기가 질린 표정을 지었다.

"내 연봉보다 많잖아. 그럼 나라는?"

"수입의 10%."

손주열은 손을 내저었다.

"난 안 되겠다."

"알았어. 너도 10%만 받을게."

"그래도 되겠어?"

윤미소는 턱으로 태수를 가리켰다.

"사실 난 태수 개인 매니저야. 나라 매니지먼트하는 것도 태수가 하라고 시킨 거야."

태수가 고개를 끄떡였다.

"주열이 것도 해줘."

"알았어."

손주열은 태수에게 엎어질 듯이 고개를 숙였다.

"고맙다, 태수야. 넌 진정한 친구다."

저녁 식사를 하고 2시간쯤 후에 태수와 신나라는 연습장인 실내트랙으로 내려왔다.

태수는 내일 오전에 5,000m 예선전이 있다. 다들 태수가 예선은 무난히 통과할 거라고 예상하지만 그래도 사람의 일이란 건 아무도 모른다.

태수는 3일 후 5,000m 결승만 치르면 다 끝나지만 신나라는 아직 5,000m와 마라톤이 남아 있다.

신나라의 5,000m 예선전은 모레 아침이다.

그런데 문제는 여자 마라톤과 5,000m 결승이 같은 날 있다는 사실이다.

태수가 그랬던 것처럼 여자 마라톤도 아침 7시 30분에 치러지고 저녁 7시 15분에 여자 5,000m 결승전이 있다.

그나마 다행스러운 것은 태수는 마라톤을 뛰고 나서 밤에 10,000m 경기를 치렀는데, 신나라는 그 절반인 5,000m라는 사실이다.

그렇다고 해도 아침에 마라톤을 뛰고 저녁에 5,000m를 뛰는 것은 무리다.

그런데도 신나라는 마라톤과 5,000m를 다 뛰겠다고 부득부득 우겼다.

그녀의 우상인 태수도 그렇게 했는데 자기라고 못할 게 없다는 얘기다.

"나라야, 넌 새 주법을 몸에 배게 연습해라."

"네, 선배님. 그런데 선배님 그 주법 이름이 뭐죠?"

"그냥 '나라주법'이라고 하자."

"네, 선배님!"

트랙 가장자리 벤치에서 옷을 벗으며 태수가 말하자 신나라는 언제나 그랬던 것처럼 씩씩하게 대답했다.

태수는 경기를 며칠 앞두고 신나라에게 더 이상 주문할 게 없다. 있어도 지금은 아무것도 시키지 말아야 한다.

탁탁탁탁…….

두 사람은 팬츠와 싱글렛 차림으로 트랙을 달려 나갔다.

태수는 대회가 끝나고 귀국하면 신나라와 함께 플랫주법을 시험해 볼 생각이다.

현재 태수나 신나라는 케냐와 에티오피아 선수들을 제외한 대부분의 마라토너가 사용하고 있는 피스톤주법으로 달리고 있다.

피스톤주법은 지금까지 장거리 주자의 기본이라고 생각해 온 주법이다.

달릴 때 무릎을 확실히 펴고 착지 전에는 무릎 아래 부분이 앞으로 나가 뒤꿈치로 착지한다.

발목을 사용하여 지면을 차고 나가는 동작을 기본으로 한 달리기 자세다.

그런데 수많은 마라토너와 지도자들은 오랜 세월 동안 피스톤주법으로 달리면서 그것이 최상의 주법이 아니라는 사실을 각성하게 된다.

피스톤주법의 단점은 허리의 위치가 안정되지 못하고 중심(重心)의 상하 움직임이 크다는 점이다.

즉, 몸의 무게중심이 피스톤운동을 한다는 것이다. 그 원인은 발을 앞으로 뻗는 시점에 무릎을 펴고 무릎 아래에서 앞으로 나아가고 뒤꿈치부터 착지하는 것을 의식하기 때문이다.

이 움직임은 브레이크 동작이 커서 충격을 흡수해야 하므로 무릎을 크게 굽혀 몸이 가라앉는 동작이 필요해진다.

케냐와 에티오피아 선수들이 달리는 모습을 옆에서 보면 머리가 위로 거의 솟구치지 않는다.

그러나 피스톤주법으로 달리는 대부분의 선수는 크게는 머리 하나, 작게는 머리 절반 정도가 위로 솟구쳤다가 가라앉기를 반복한다.

그렇게 해서는 에너지 소모가 막대하고 한 걸음 달릴 때마다 브레이크가 걸려서 안 된다.

태수는 어떻게 해서든지 베를린마라톤대회 전에 자신과 신나라의 제대로 된 주법을 완성하고 싶다.

그게 플랫주법이든 케냐와 에티오피아 선수들의 전유물인 포어후드(Fore Food:앞발을 딛는 주법)주법이든 상관없다. 각 주법의 장점만을 발췌해서 내 걸로 만들면 된다.

탁탁탁탁―

신나라가 1번 레인에서 태수가 2번 레인에서 나란히 달리고 있는데 갑자기 3번 레인에 한 사람이 불쑥 끼어들어 나란히 달렸다.

태수는 그 사람이 누군지 쳐다보고는 깜짝 놀랐다. 뜻밖에도 그 사람은 티루네시 디바바가 아닌가.

디바바가 연습을 하러 나온 것까지는 알겠는데 무엇 때문에 태수와 신나라가 나란히 달리는데 끼어든 것인지 이유를 모르겠다.

그때 디바바가 태수를 보며 미소 지었다.

"윈드 마스터, 유 사인 플리즈."

그러면서 자신의 싱글렛 가슴을 가리켰다.

"오케이."

태수가 대답하고 트랙 가장자리로 가자 신나라와 디바바가 따라왔다.

중장거리의 여황인 디바바가 태수에게 사인을 해달라고 요청하다니 별일이다.

태수는 잘 못 느끼고 있지만 현재 그의 인기는 Top5의 1위인 우사인 볼트하고 맞먹을 정도다.

선수촌에만 틀어박혀 있으니까 인기를 체감하지 못하고 있는 것이다.

디바바는 태수에게 매직펜을 건네면서 그리 크지 않은 봉긋한 가슴을 내밀었다.

"히어, 플리즈."

디바바는 에티오피아 유니폼이 아닌 노란색의 연습용 싱글렛을 입고 있었다.

태수는 디바바의 가슴에 사인을 하기가 뭣해서 망설이고 있는데 그녀가 갑자기 싱글렛을 훌렁 벗는 바람에 깜짝 놀라서 얼른 뒤돌아섰다.

"괜찮아요, 선배님."

신나라가 웃으면서 태수의 팔을 잡기에 돌아보니까 디바바는 탱크탑 같은 스포츠브라를 하고 있었다.

디바바는 배와 옆구리를 드러냈는데 헬스를 하고 있는 태수가 봤을 때 근육이 훌륭했다.

디바바는 웬만한 남자 보디빌더보다 멋진 복근과 옆구리 근육을 지니고 있었다.

태수가 디바바의 싱글렛을 벤치에 놓고 사인을 하고 나니까 디바바는 매직펜을 신나라에게 내밀었다.

"플리즈 원더걸."

원더걸은 10,000m에서 디바바를 이기고 금메달을 딴 신나라에게 각국의 취재진들이 붙여준 새 닉네임이다.

디바바는 신나라가 자기를 이기고 우승을 했는데도 거기에 대해서는 사사로운 감정이 전혀 없는 사람 같았다.

신나라는 수줍은 표정으로 매직펜을 받아서 태수가 사인한 곳 옆에 자신의 사인을 했다.

태수는 디바바의 사인을 받고 싶어서 싱글렛을 벗어서 내밀었다.

슥—

"플리즈."

"오오… 뷰티플 바디!"

디바바는 태수의 멋들어진 몸매를 보고 감탄을 연발하더니 벤치에 놔둔 자기 휴대폰을 집어 들고는 여러 각도에서 태수의 사진을 찍어댔다.

태수는 쑥스러웠으나 타라스포츠 광고를 찍을 때처럼 슬쩍 포즈를 잡고 서비스를 해주었다.

사인 이후 디바바는 태수의 방까지 따라와서 한동안 즐겁게 어울려서 놀았다.

태수와 신나라, 윤미소는 디바바와 함께 사진도 많이 찍었으며 디바바가 돌아갈 때는 윤미소가 타라스포츠의 고급 스포츠웨어를 선물했다.

태수가 욕실에서 샤워를 하고 나오는데 방금 전에 들어온 듯한 윤미소가 깜짝 놀라더니 손 하나를 다급히 등 뒤로 감췄다.

태수는 수건으로 머리를 닦으면서 소파에 앉으며 대수롭지 않게 물었다.

"뭔데 감춰?"

"아… 아냐. 아무것도……."

"아무것도 아니라면서 왜 그렇게 당황해?"

윤미소는 고개를 푹 숙이고 한 손을 뒤로 감춘 채 가만히 있다가 이윽고 감췄던 손을 앞으로 천천히 내밀었다.

슥—

그런데 놀랍게도 윤미소의 손에 쥐어져 있는 것은 태수의 팬티가 아닌가.

"뭐야? 너."

"아… 아냐. 니가 생각하는 그런 거 아니라구."

윤미소가 태수 방에 몰래 들어와서 태수의 입던 팬티, 달릴 때 입은 팬츠가 아니라 몸에 딱 붙는 삼각팬티, 그것도 입고 벗어놓은 것을 훔치려고 했다는 것은 의도가 무엇인지 물어보지 않아도 될 일이다.

윤미소는 얼굴이 새빨개져서 어쩔 줄 몰랐다.

"미소 너까지 날 좋아하는 거냐? 그래도 이런 방법은 곤란하지."

팍!

"그게 아니라고 하잖아! 인마!"

윤미소는 발칵 화를 내면서 팬티를 태수 얼굴에 던졌다.

척!

"선배님! 아……."

그때 신나라가 문을 열고 들어오다가 그 광경을 보고는 크게 당황하여 그 자리에 멈췄다.

태수는 얼굴을 덮고 있는 팬티를 슬그머니 내렸다.

"나라야, 이건······."

"선배님, 죄송합니다."

태수가 뭐라고 변명을 하려는데 신나라가 갑자기 허리를 꾸벅 숙였다.

"제가··· 미소 언니에게 선배님 팬티를 하나만 훔쳐 달라고 부탁했었어요."

"무슨 소리야?"

"제가 10,000m 경기 때 속에 입고 뛰려고······."

"······."

태수는 망치로 뒤통수를 한 대 얻어맞은 것처럼 어이없는 표정을 지었다.

신나라는 죄송스러워서 어쩔 줄 모르면서도 솔직하게 털어 놓았다.

"선배님 팬티를 입으면 잘 뛸 수 있을 것 같았어요."

"부적이래."

윤미소가 거들었다.

"부적?"

"그래. 그 덕분에 나라가 우승했잖아."

"설마······."

원래 미신 같은 걸 믿지 않는 태수는 반신반의하는 표정을 지었다.

윤미소는 들킨 김에 아예 한술 더 떴다.

"이제부터 나라 경기 출전하기 전에 태수 니가 입던 팬티 챙겨줘라."

"말도 안 되는……."

"부, 부탁합니다. 선배님."

신나라가 용기를 내서 다시 넙죽 허리를 굽혔다.

윤미소가 못을 콱 박았다.

"빤 건 안 된대. 입던 팬티 벗어주는 게 제일 효력이 좋대나 뭐래나."

8월 26일 오전 8시.

태수는 10,000m 예선전을 치르려고 귀자티위창종합경기장으로 걸어가는 도중에 민영의 전화를 받았다.

─오빠, 오늘 5,000m 예선 있지?

"그래."

─내가 곁에서 오빠 챙겨줘야 하는데 미안해.

민영의 목소리를 들으니까 태수는 반사적으로 며칠 전 새벽에 일어났던 일이 생각났다.

─오늘 파이팅해, 오빠.

"민영아."

─왜 오빠?

"미안하다."

태수는 민영에게 정식으로 사과하지 못한 게 늘 마음에 걸렸었다.

─오빠 아직도 그 일 잊지 않았어?

민영이 명랑하게 얘기하지만 설마 민영이 벌써 그 일을 잊었을 리가 없다. 입장을 바꿔놓는다고 해도 태수라면 죽어도 잊지 못할 것이다.

─영상통화 켜봐.

태수가 영상을 켜니까 민영을 비롯한 아프로디테 멤버들이 와아! 하고 저마다 인사를 했다.

─오빠. 내가 동영상 하나 보낼 테니까 봐.

"그래."

─예선전 문제없지?

"걱정 마라."

─오빠 입술에 민영이 승리의 키스를 보냅니다.

"……."

쪼옥!

─안녕. 28일에 봐.

태수가 대답을 하지 않으니까 민영은 전화가 끊어졌나 싶어서 조바심을 냈다.

─여보세요? 오빠, 듣고 있어?

"그래."

그런데 그때 뚜우… 뚜우… 하며 전화가 왔다. 화면에 디바바하고 태수가 미소를 지으면서 나란히 찍은 사진이 떴다. 디바바가 태수 방에 놀러 왔다가 찍은 것이다.

어제 디바바하고 만났을 때 전화번호를 교환했는데 헤어지고 나서도 디바바에게 2번 전화가 왔었다.

윤미소가 나중에 알아보더니 올해 29세인 티루네시 디바바는 매우 활동적인 성격이라서 세계적인 마라토너와 중장거리 선수, 그리고 육상 외의 스포츠 스타들이나 연예계 스타들하고도 교류가 활발하다는 것이다.

─전화 왔어?

"응."

─누구야?

"디바바야."

─누구라고?

"디바바라고."

민영은 화들짝 놀랐다.

─아기 얼굴을 가진 파괴자?

"그래."

─둘이 친해진 거야?

"그렇게 됐다."

—야아… 오빠 대단한데?

태수는 괜히 으쓱거렸다.

"나보고 싸인 해달라고 찾아왔더라."

—헤에… 우리 오빠 굉장하다!

민영은 서둘러 전화를 끊었다.

—오빠, 이따 저녁에 통화하자. 디바바 전화 받아.

"그래."

태수는 디바바하고 통화했다.

—헤이! 윈드 마스터! 굿모닝!

"헤이, 디바바. 굿모닝."

영어가 짧은 태수는 대충 인사를 했다.

—Cross one's fingers!

디바바의 말에 태수는 무슨 뜻인지 몰라 귀에서 휴대폰을 떼고 머뭇거리는데 문득 휴대폰 화면에 디바바가 환하게 웃으면서 집게손가락을 세우고 가운데손가락으로 집게손가락을 감싸듯 꼬고 있는 영상이 나타났다.

사실 디바바의 말은 '행운을 빈다', '기도할게'라는 뜻이고 그럴 때 두 손가락을 꼬아서 십자가의 형태를 만든다.

"오케이. 땡큐."

그러나 무슨 말인지 모르는 태수는 대충 화답했다. 상대가 무슨 말을 했든지 '오케이'하고 '땡큐'면 만사형통이라고 생각했다.

그런데 디바바가 전화를 끊기 전에 뭐라고 한마디 더 했는데 그 말 역시 무슨 뜻인지 모르겠다.

―I am dying to see you.

그래서 그냥 대충 대답해 주었다.

"미투."

태수는 귀국하면 영어를 꼭 배워야겠다고 마음먹었다.

오전 9시 35분. 5,000m 예선전은 1조에 8명씩 A조부터 G조까지 55명이 겨룬다. 마지막 G조는 7명이다.

태수를 비롯하여 10,000m에 나왔던 선수들이 거의 다 예선전에 나와서 절반을 차지했으며 나머지 절반은 모르는 얼굴들이다.

"헤이! 윈드 마스터!"

"하이! 태수!"

10,000m의 라이벌 영국의 모 파라와 에티오피아의 베켈레가 반갑게 태수에게 손을 내밀어 악수를 했다.

태수는 C조인데 모 파라와 베켈레는 A조와 D조다. 예선전에서는 강자를 분산시키는 것이 경기 방침이다.

예선전이 시작됐다. 태수는 작전을 노출시키지 않기 위해서 선두그룹에 섞여서 달리다가 2랩 남겨두고 스퍼트하여 2위로 골인했다.

태수가 속한 C조 1위는 일본 선수 젠 사부로이고 3위 역시 일본 선수인데 이름은 모르겠다.

각 조 3위까지 결승에 진출하기 때문에 태수로선 무리해서 달릴 필요가 없다.

모 파라와 베켈레도 자신의 조에서 2위로 예선을 통과했으며 태수까지 3명의 기록은 평균 13분 25초다.

5,000m 세계기록은 베켈레가 갖고 있는 12분 37.35초다. 베켈레가 전성기 시절에 세운 기록이며 현재 32살의 노장인 그로서는 도저히 이룰 수 없는 기록이다.

예선 결과 각조에서 21명의 선수가 추려졌으며 번외 3명을 포함하여 총 24명이 결승에 진출했다.

IAAF 경기 규칙상 5,000m 예선을 통과한 선수가 30명을 초과하면 준결승을 치르지만 이번에는 번외 선수까지 24명이므로 곧바로 결승에 진출하게 되었다.

8월 27일.

태수가 입던 팬티를 속에 입고 여자 5,000m 예선전을 치른 신나라는 14분 45.47초 조 1위의 좋은 기록으로 무난히 결승에 진출했다.

태수가 침대에 누워서 눈을 감고 늘 지니고 다니는 오래된 MP3로 음악을 듣고 있을 때 윤미소가 들어와서 소파 테이블에 팬티를 슬쩍 내려놓았다.

"나라가 고맙다고 전해달래."

태수는 귀에서 이어폰을 빼고 침대에서 내려와 빨아서 말리고 잘 개어진 팬티를 굽어보았다.

"이거 안 갖다 줘도 된다."

"왜?"

"내가 어떻게 이걸 입겠냐?"

"나라가 입었던 거라서?"

"그래."

팬티 하나 갖고 태수와 신나라가 번갈아서 입는다는 것은 이상한 일이다.

윤미소가 정색을 했다.

"너 지난번에 나라가 입었던 팬티 버렸어?"

"당연하지."

윤미소는 돌아서서 열려 있는 방문을 닫고 다시 돌아와 진지하게 말했다.

"태수 니가 나라 입었던 팬티 버리는 거 나라가 알면 앞으로는 빌려 입으려고 하지 않을 거야."

윤미소의 말뜻은 그래서 신나라가 앞으로 경기에 나가서

성적이 좋지 않을 것이라는 협박이다.

태수는 조금 어이없다는 표정을 지었다.

"미소 넌 그게 이상하지 않냐?"

"니 입던 팬티 나라가 입는 거?"

"그래."

윤미소는 팔짱을 끼고 도리질했다.

"나는 하나도 이상하지 않아. 나라를 충분히 이해할 수 있어."

윤미소는 태수를 소파에 앉히고 자신은 맞은편에 앉았다.

"수능시험 보는 학생들 생각해 봐. 좋은 성적이 나올 수만 있다면 하지 못할 일이 없을 거야. 나는 수능 볼 때 점집에 가서 부적 사다가 팬티 안에 붙이고 갔었어."

태수는 잠자코 듣기만 했다.

"나라도 그런 거나 같은 거야. 더구나 일본은 부적 따윌 무지하게 신봉해. 나라는 일본에서 자랐으니까 우리보다 더 부적을 믿는 게 당연해."

"음."

"나라에겐 태수 니가 영웅이야. 혈혈단신 한국에 와서 오로지 너 하나만 믿고 따르잖아. 그리고 대회에서 좋은 성적을 내야 하는 강박관념에 대해서는 니가 더 잘 알잖아. 그래도 이해 못 하겠어?"

듣고 보니까 태수가 조금 양보하면, 아니, 양보할 것도 없이 그냥 아무 일 아니라는 듯이 나라에게 입었던 팬티를 빌려주고 그녀가 깨끗이 빨아 온 팬티를 다시 입기만 하면 되는 일이다.

"알았다."

툭툭…….

윤미소는 태수의 어깨를 두드렸다.

"태수 넌 참 좋은 녀석이야."

태수는 멋쩍게 웃었다.

"미소 너도 좋은 계집애다."

"계집애?"

"그럼 좋은 년이라고 할까?"

"이게!"

윤미소가 주먹을 들고 때리는 시늉을 했다.

태수와 신나라는 일찍 저녁 식사를 한 후 8시쯤에 실내체육관이 아닌 보조경기장 실외 육상트랙으로 나왔다.

태수는 내일 결승인데 오늘 반드시 해볼 게 있다.

자신의 최고 스피드를 재보고 할 수 있으면 그걸 개선하려고 한다.

태수는 어제 밤늦도록 노트북으로 유튜브에서 런던올림픽

과 대구, 모스크바세계육상선수권대회 육상 중장거리 경기를 눈알이 빠지도록 봤었다.

그러나 수없이 봤던 거라서 아무리 들여다봐도 특별할 게 없었다.

그러다가 단거리의 400m와 중거리 800m 경기를 우연히 보게 되어 거기에서 힌트를 얻었다.

400m면 1랩, 800m는 2랩이다. 5,000m와 10,000m의 경우 1랩이나 2랩을 남겨두고 마지막 스퍼트를 하기 때문에 400m와 800m의 경기 장면에서는 배울 게 있었다.

단거리인 100m와 200m에서 세계적 스타, 즉 우사인 볼트의 달리는 모습에서도 참고할 만한 것이 두어 개 있었다.

100m와 200m의 달리기는 장거리하고는 아예 근본부터 달랐지만 태수는 거기에서도 건진 게 있다.

단거리 종목에서 가장 긴 400m는 단거리 같으면서도 중거리 같고, 중거리 종목에서 가장 짧은 800m는 중거리 같으면서도 단거리 같았다. 그러면서도 장거리하고도 닮은 점이 있었다,

"나라야, 내 말 잘 알아들었지?"

"네, 선배님."

두 사람은 벤치에서 입고 온 트레이닝복을 벗고 팬츠와 싱

글렛 차림으로 트랙으로 향했다.

"너도 내가 설명한 대로 뛰어봐."

"네, 선배님."

신나라는 태수가 뭐라고 말하기만 하면 종달새처럼 '네, 선배님'을 연발했다.

조금 전에 태수는 자신이 400m와 800m 동영상에서 얻은 팁에 대해서 신나라에게 자세히 설명했다.

탁탁탁탁······.

두 사람은 우선 4분 페이스로 천천히 달리면서 몸을 풀었다.

트랙은 조명시설이 잘되어 있어서 달리는데 조금도 불편하지 않았다.

그렇지만 아직 연습하는 선수가 많은 편이어서 한가해질 때까지 기다리면서 계속 조깅을 했다.

그러면서도 태수는 헛되이 조깅만 하지 않고 400m와 800m 동영상에서 보고 기억해 둔 팁들을 이것저것 시도해 보고 또 접목도 해보았다.

최고의 스피드를 내야 하는 100m는 스타트부터 골인까지 줄곧 상체가 꼿꼿하거나 오히려 뒤로 약간 젖혀지는 자세가 된다. 이른바 스탠딩주법이다.

장거리와 마라톤에서 상체를 앞으로 쓰러지듯이 비스듬히

숙이는 것과는 상이한 자세다.

그리고 100m 주법은 최대의 스트라이드로 발을 뻗으면서 발 앞부분 포어후드(Fore Food)로 트랙을 살짝 디디면서 점프를 하듯이 홀쩍 홀쩍 달려 나간다.

그뿐만 아니라 양팔을 최대한 크게 흔들면서 발 앞부분으로 트랙을 움켜잡아 뒤로 보내는 힘으로 쭉쭉 힘차게 뻗어 나간다.

그런데 태수가 분석하기에는 400m 달리기는 100m 주법을 70% 정도 사용하는 것과 동시에 중거리 주법을 30% 정도 채용하고 있는 것 같았다.

중거리 주법이란 최고의 스피드를 내면서 동시에 목표로 하는 거리, 즉 800m나 1,500m, 3,000m까지 그 스피드를 유지하는 기술, 즉 체력의 분배와 지구력을 말한다.

중거리 종목 중에서 가장 짧은 거리인 800m의 경우에는 400m 주법의 50%를 사용하고 1,500m 주법의 50%를 채용해서 달린다.

이렇듯이 최단거리인 100m에서 최장거리인 10,000m까지는 각각의 주법을 때로는 적게 때로는 많이 혼용하면서 사용한다는 사실을 태수는 깨우쳤던 것이다.

태수와 신나라가 4분 페이스로 3랩을 돌았을 때 트랙에 사람이 거의 없어져서 본격적으로 시험을 하기 시작했다.

첫 번째는 스피드 측정이다. 그는 지금까지 자신의 최고 속도가 어느 정도인지 한 번도 제대로 측정해 본 적이 없었다.

그러나 태수는 100m 선수가 아니기 때문에 ㎞당 2분 50초 페이스로 트랙을 달리다가 출발선에 이르러서 스퍼트를 하여 1랩을 도는 방식을 택했다.

트랙 가장자리에서는 신나라가 스톱워치를 들고 시간을 측정하고 있다.

드디어 태수가 출발선 스타팅라인에 이르러 스퍼트를 하여 전력으로 달려 나갔다.

타타타타타—

태수가 1랩을 돌고 다시 스타팅라인을 통과하자 신나라가 시간을 불러주었다.

"선배님! 60.14초예요!"

태수는 표정이 어두워져서 스피드를 줄이고 천천히 조깅을 하면서 트랙을 돌았다.

태수가 아무리 장거리 선수라고는 하지만 풀 스피드로 달린 것이 400m 1랩에 60.14초나 걸리다니 적잖이 실망했다.

그래도 어느 정도 기대를 했었는데 실망이 이만저만이 아니다. 60.14초라면 ㎞당 2분 30초의 속도라는 것이다.

그가 어젯밤에 조사해 보니까 남자 400m 세계기록은

43.18초다.

태수가 400m 경기에 나갈 건 아니지만 그래도 겨우 1랩 도는 것뿐인데 세계기록보다 17초나 느리다는 것은 말도 안 된다.

이건 충격을 넘어서 패닉이다.

세계기록 보유자가 400m를 43.18초로 뛰었다는 것은 km당 1분 47.97초, 시속 33.33km/h, 초속 9.26m/s이다.

태수보다 17초 빠르니까 9.26×17=157.42m. 단지 트랙 1랩 도는 것뿐인데 태수보다 무려 157.42m나 더 갈 수 있다는 사실을 어떻게 받아들여야 한다는 말인가.

가슴이 답답했지만 현실을 인정하고 돌파구를 찾아야 한다고 생각했다.

"다시!"

태수는 조깅으로 트랙을 절반쯤 돌았을 때 신나라에게 소리쳤다.

베켈레가 5,000m 세계기록을 경신했을 때 4,600m를 뛰고서도 마지막 랩에서 km당 2분 29초, 1랩당 59.6초를 기록했다고 한다.

그런데 태수는 천천히 4분 페이스로 3랩 돌다가 스퍼트를 했는데도 베켈레보다 1초나 늦었다.

타타타타탁—

태수는 조금 전처럼 출발선에서 스퍼트하여 1랩을 더 돌았지만 이번에는 59.68초다. 조금 전보다 겨우 0.54초 단축했을 뿐이다.

2랩을 돌아서도 같은 결과라면 계속 뛰어봐야 아무 소용이 없다.

계속 해봐야 오히려 체력이 점점 소진되어 다른 시험을 해볼 수 없게 된다.

결국 태수는 방법을 찾았다.

그는 달리는 것에 천부적인 자질을 갖고 있는 게 분명하다.

아니, 달리는 것만이 아니라 조사하고 분석하여 취합해서 시험을 하고 결국 자신의 것으로 소화시키는 일에도 놀라운 재능을 갖고 있었다.

그는 스퍼트를 하여 100m와 200m, 그리고 400m, 800m까지의 자세를 골고루 다 해봤다.

그러고는 100m 주법의 포어후드, 즉 발 앞부분으로 바닥을 딛는 것과 동시에 바닥을 움켜잡고 뒤로 차내는 동작을 차용했다.

그렇게 하려면 상체를 꼿꼿하게 세우는 스탠딩 자세가 되어야만 한다.

100m 세계적 선수들, 특히 우사인 볼트만 보더라도 체격이

우람하고 근육량이 엄청나다. 100m를 달리는 데에는 그만큼 파워가 필요하기 때문이다.

하지만 태수는 그 정도의 근육량도, 그리고 파워도 없기 때문에 다른 방식을 택했다.

발 앞부분이 바닥을 디딜 때 어깨와 상체를 많이 비틀어서 힘차게 바닥을 움켜잡고 뒤로 보내는 것이다.

그렇지만 여기에서 또 문제가 생겼다. 우사인 볼트는 키가 무려 196㎝에 체중이 94㎏이다.

반면에 태수는 178㎝에 그동안 훈련 때문에 체중이 줄어서 64㎏이 겨우 나간다.

그렇기 때문에 스트라이드가 우사인 볼트하고는 비교할 수가 없으며 체중을 실어서 점프를 할 수도 없다.

태수는 그 문제를 마라톤의 플랫주법의 한 부분에서 발췌하여 접목시켰다.

즉, 플랫주법 중에서 '발이 바닥에 닿기 전에 뒤로 보내라'는 것이 있는데 그걸 차용한 것이다.

실제로 발바닥이 바닥에 닿기 전에 뒤로 잡아채면 앞으로 고꾸라진다.

하지만 달리면서 그런 마인드 컨트롤을 갖고 다리에 그런 주문을 걸면 발바닥이 바닥에 머무는 시간을 최소화할 수가 있다. 그게 플랫주법의 가장 큰 장점이다.

태수는 자신이 터득한 것을 신나라에게도 세심하게 가르쳐 주어 함께 공유했다.

5,000m 결승은 내일 저녁이니까 내일 아침과 낮에 좀 더 연습하여 숙달시킬 생각이다.

태수는 밤 11시쯤에 불을 끄고 침대에 누웠다.

민영이 휴대폰에 보낸 동영상을 이제야 찾아내서 들여다보았다.

화려한 조명을 받으면서 민영을 비롯한 아프로디테 멤버들이 국내 TV 음악프로그램에서 율동과 함께 노래를 하는 광경이 나왔다.

자막에 노래 제목이 깔리는데 'My Wind Master'다.

경쾌하고 어깨가 저절로 들썩이는 리듬에 민영의 목소리와 다른 멤버들의 코러스가 환상적이다.

윈드 마스터는 태수의 닉네임인데 아프로디테가 'My Wind Master'를 불렀다는 것은 민영의 입김이 크게 작용했다는 뜻이다.

신곡 제목이 나의 윈드 마스터라니, 태수는 복잡한 기분으로 동영상을 끝까지 봤다.

아프로디테의 'My Wind Master'는 대한민국 음악차트에서 1위를 했다.

아프로디테가 모두의 환영을 받으면서 꽃다발과 앵콜송을 부르는 것으로 끝났는데 마지막에 민영이 누군가에게 손키스를 날렸다.

민영은 아까 오후에 도착하여 태수를 비롯한 가까운 사람들과 함께 저녁을 먹었다.

이후 태수와 단둘이 남았을 때 민영이 동영상을 봤느냐고 물었는데 태수는 아직 못 봤다고 대답했었다.

그게 조금 미안해서 태수는 자기 전에 민영이 보냈던 동영상을 들여다본 것이다.

8월 29일 저녁. 베이징 궈자티위창종합경기장에서는 남자 5,000m 결승 경기가 시작되기 직전이다.

강력한 우승후보인 모 파라를 비롯하여 태수와 베켈레, 그리고 2명의 케냐 선수 등 12명은 트랙 앞쪽 5~8번 레인에서 출발 자세를 취하고 있으며, 나머지 12명은 15m 후미 1~4번 레인에 서 있다.

"굿럭 워드 마스터."

"굿럭 베켈레."

베켈레가 미소 지으면서 선전을 빌어주고 태수도 같은 말로 화답해주었다.

땅!

전자총이 발사되고 24명의 선수가 파도처럼 와르르 쏟아져 나갔다.

이번 경기에서 태수는 10,000m하고는 작전을 달리했다.

강력한 우승후보인 모 파라와 베켈레하고 같이 달리다가 8랩 3,200m에서 중간 스퍼트를 하여 모 파라와 베켈레를 따돌리고, 이후 10랩에서 2랩 반을 남겨두고 두 번째 스퍼트를 하여 골인 한다는 작전이다.

지난번 10,000m 경기는 아침에 마라톤 풀코스를 뛰고 나서 치렀기 때문에 기진맥진했었지만 오늘은 다르다.

태수는 자신의 체력으로 봤을 때 5,000m는 순전히 스피드 싸움이라고 판단했다.

그의 경우에는 5,000m는 아무리 빠르게 달리면서 체력을 소모한다고 해도 결코 지치지 않는다. 그러므로 그 점을 최대한 활용해야 한다.

타타탁탁탁—

5랩 2,000m를 뛰고 있을 때 선두는 일본의 젠 사부로, 그리고 10m 뒤에서 태수와 베켈레, 모 파라가 2위 그룹의 선두로 달리고 있다.

선두로 젠 사부로가 달리고 있지만 태수나 모 파라, 베켈레는 전혀 신경 쓰지 않는 모습으로 묵묵히 달리기만 했다.

2위 그룹의 선두는 어쩌다 보니까 태수가 달리게 되었다. 태수가 베켈레나 모 파라의 후미로 빠지려고 몇 번 시도해 봤지만 그럴 때마다 베켈레와 모 파라는 속도를 늦춰서 태수의 후미를 유지했다.

아예 선두로 쑥 치고 나가서 거리를 벌려놓지 않는 이상 1위나 2위 그룹에서는 선두보다 2, 3번째로 달리는 것이 훨씬 유리하다.

1위 선수는 늘 뒤가 불안하다. 뒤를 볼 수가 없으니까 언제 누가 뒤에서 치고 나올지 모르기 때문이다.

하지만 2, 3번으로 달리는 선수들은 1위를 바짝 뒤쫓으면서 언제든지 치고 나갈 기회를 엿본다.

태수는 오늘 컨디션이 최상이다. 어제도 그저께도 훈련을 했지만 무리하지 않았으며 테이퍼링을 효과적으로 이행한 덕분이다.

6랩째 2,400m 스타팅라인을 통과하고 있는 현재 시간은 6분 40.04초다. 1랩 도는 데 68.04초, ㎞당 2분 51초의 속도다.

시간을 체크한 태수는 작전을 조금 변경해야겠다고 마음먹었다.

태수는 5,000m를 ㎞당 2분 47~8초 이븐 페이스로 달리다가 마지막 2랩 남겨두고 스퍼트를 할 수 있다.

그런데 지금처럼 ㎞당 2분 51초의 속도로 달리는 것은 지나치게 체력을 과잉 축적하는 것이다.

5,000m를 다 뛰고 골인했을 때까지도 체력이 남아 있다는 것은 제대로 뛰지 못했다는 뜻이다.

태수는 7랩 스타팅라인을 50m 지난 곳에서 서서히 속도를 높였다.

탁탁탁탁—

7랩을 다 돌기도 전에 선두 젠 사부로를 추월했다.

태수는 곡선주로를 달리다가 힐끗 직선주로 쪽을 쳐다보았다. 그가 스퍼트를 했으니까 모 파라와 베켈레가 직선주로 끝부분을 달리고 있을 것이라 생각했다.

그런데 그들이 보이지 않았다. 이상한 생각에 뒤돌아보니까 모 파라와 베켈레가 태수의 뒤 5m 거리에서 여유 있게 따라오고 있었다.

태수는 순간적으로 갈등했다. 앞으로 남은 거리는 5랩이 채 안 되는 1,900m 정도다.

'2분 40초로 가다가 2랩 남겨두고 승부다.'

탁탁탁탁탁탁탁—

그는 자신이 속도를 높이면 모 파라와 베켈레가 계속 따라올 것이라고 예상했다.

두 사람은 10,000m에서 태수가 선두로 치고 나가는 걸 그대로 놔두었다가 마지막에 낭패를 본 쓰라린 경험이 있어서 이번에는 그러지 않을 것이다.

탁탁탁탁탁—

역시 모 파라와 베켈레는 뒤처지지 않고 따라왔다.

지금 태수는 힘이 넘친다. 게다가 항상 취약했던 스피드에 대해서 어제 많이 연구하고 시험했기 때문에 어느 정도 자신이 생겼다.

문제는 모 파라, 베켈레와 스피드 경쟁이 붙었을 때 어젯밤에 몇 시간 연습한 주법이 과연 얼마나 효력을 발휘하느냐는 것이다.

"선배님 8랩째 1랩에 62.4초예요!"

신나라가 전광판 시계를 보면서 비명처럼 외쳤다.

대형 전광판에는 현재 속도와 ㎞당 속도, 1랩당 속도까지 자세히 나오기 때문에 신나라의 설명이 아니더라도 민영과 심윤복 감독은 그 사실을 잘 알고 있다.

"4랩 남았는데 오빠가 벌써 스퍼트해도 괜찮겠어요?"

민영이 태수에게서 시선을 떼지 못하고 초조하게 묻자 심윤복 감독은 앞의 난간을 두 손으로 붙잡고 엉덩이를 의자에서 뗀 어정쩡한 자세로 말했다.

"태수 저놈, 승부를 걸었소."

민영이 놀라서 벌떡 일어났다.

"4랩 남았는데 벌써 말인가요?"

"태수 저놈 펄펄 날고 있어요. 봐요."

"아아……."

민영이 보니까 과연 태수는 무인지경인 양 쭉쭉 달려 나가고, 모 파라와 베켈레는 놓칠세라 따라가기 급급한 모습이다.

태수가 ㎞당 2분 32초, 1랩당 56초로 속도를 높여서 달리는데도 모 파라와 베켈레는 그림자처럼 뒤에 바짝 붙어서 달리고 있다.

태수는 조금 전 2랩 800m 남은 상황에 2위 그룹을 추월했다. 선두와 2위가 400m 1랩이나 거리 차이가 난다.

태수가 7랩 중간부터 스퍼트를 했으니까 평균속도 ㎞당 2분 32초~47초로 1,200m를 질주했다.

1랩당 평균 64초로 달렸기 때문에 지칠만도 한데 모 파라와 베켈레는 끄떡 없이 따라오고 있다.

'스피드를 더 올려야겠다.'

태수는 이제 승부를 걸어야겠다고 생각했다. 어젯밤과 오늘 낮에 연습해 본 스피드주법을 바야흐로 무대에 올릴 시간이 됐다.

탁탁탁탁…….

"하앗! 하앗! 하앗!"

그런데 2랩 남겨둔 첫 번째 직선주로에서 모 파라가 태수의 오른쪽에서 빠르게 추월을 시도했다.

태수가 힐끗 쳐다보니까 베켈레도 2번 레인으로 빠져나가 모 파라 뒤에서 따르고 있다. 그들 둘은 태수를 추월하여 스퍼트를 할 생각이다.

탓탓탓탓탓―

모 파라가 태수를 2m쯤 추월했고 베켈레가 태수의 오른쪽으로 추월하기 시작했다.

태수가 마지막 스퍼트를 하려고 마음먹었는데 모파라와 베켈레에게 선수를 뺏겼다.

태수도 스퍼트했다.

탁탁탁탁탁―

모 파라는 2레인에서 태수를 최소한 5m쯤 추월해야지만 1레인으로 들어올 수가 있다.

더 가까운 거리에서 1레인으로 들어오려다가 충돌하면 전적으로 모 파라의 과실이다.

그래서 태수는 자신이 스퍼트를 하면 모 파라가 1레인으로 들어올 수 없을 것이라고 예상했다.

타타타타타탁―

그런데 모 파라는 물론 베켈레까지 1레인으로 들어와서 달리기 시작했다.

이유는 간단하다. 태수가 스퍼트를 해서 모 파라가 1레인으로 들어오지 못하게 커버를 해야 하는데 그렇게 못 했기 때문이다. 태수는 생각만큼 속도를 내지 못했다.

모 파라는 선두에서 쭉쭉 달려 나갔다.

2012년 런던올림픽에서 우승했을 때 모 파라는 2랩 반을 남겨둔 10랩 4,000m 때 ㎞당 2분 35초, 1랩당 62.2초의 속도로 달렸었다.

그렇게 해서 13분 41.66초의 기록으로 우승했었다. 베켈레의 세계기록에는 턱없이 모자라지만 중요한 건 우승을 했다는 사실이다.

그런데 지금 모 파라는 11랩 반을 돌고 있는 상황에 ㎞당 2분 25초의 속도로 내달리고 있다.

마지막 1랩 400m를 남겨두고 모 파라가 스타팅라인을 지나자 종이 미친 듯이 울렸다.

땡땡땡땡땡땡—

그리고 전광판에 현재 시간과 속도가 나타났다.

11분 48.67초. ㎞ 2:20.17.

모 파라의 속도가 더 빨라졌으며, 베켈레가 3m 뒤에서, 태수가 그 뒤 3m에서 맹렬히 추격하고 있다.

와아아아—

관중들은 모두 일어나서 목이 쉬도록 함성을 질렀다.

어쩌면 모 파라가 세계기록을 깰 수도 있을 것이라고 바라기 때문이다.

누군가 세계기록을 경신하는 자리에 함께 있었으며 그 광경을 직접 눈으로 봤다는 사실만큼 영광스러운 일도 없을 것이다.

그러나 베켈레의 세계 신기록은 12분 37.35초다.

마지막 1랩 400m를 남겨둔 현재 시간이 11분 48.67초인데 세계기록을 경신하자면 1랩을 48.66초 안에 돌아야만 한다는 얘기다.

모 파라가 런던올림픽에서 우승했을 때 마지막 랩의 속도가 53초였으며, 베켈레가 세계기록을 세웠을 때는 그보다 느린 1랩 59.6초였었다.

그 당시 베켈레는 빠른 속도 이븐 페이스로 충분히 시간을 좁혀놨었기에 세계기록 경신이 가능했었다.

어쨌든 400m 세계기록이 43.18초인 것을 감안하더라도 중장거리 선수가 4,600m를 달리고 나서 마지막 1랩 400m를 48초에 주파한다는 것은 불가능하다. 그것도 그냥 불가능이 아니라 '절대로' 불가능한 일이다.

태수가 마지막 랩 스타팅라인을 지날 때 시간은 11분 49.55초였다.

그러니까 만약 그가 세계기록을 경신할 각오라면 모 파라보다도 1초 더 빠른 47초 내에 마지막 1랩을 달려야만 할 것이다.

타타타탁탁탁—

태수는 어젯밤에 최고 속도 1랩을 49초에 돌았었다. km당 2분 2.05초의 엄청난 속도였다.

그런데 지금 태수가 필요한 속도는 그 이상이다.

그는 세계기록이니 나발이니 그런 거 모른다. 오로지 3m 앞의 베켈레를 따라잡고 그다음에는 또다시 3m 앞의 모 파라를 잡아야겠다는 생각으로 머리가 터질 지경이다.

"오빠—! 조금만 더—!"

"선배님—!"

"태수야—! 한 바퀴 남았다—!"

민영과 신나라, 심윤복 감독, 윤미소, 손주열 등은 목에서 피가 쏟아져 나올 것처럼 악을 썼다.

이제 1랩만 돌면 금, 은, 동의 색깔이 가려진다. 민영이나 심윤복 감독은 태수가 그저 동메달이라도 하나 더 따주면 감지덕지하다고 생각했으나 막상 이런 상황이 되고 보니까 욕심이 생겼다.

2위 그룹은 태수하고 거의 600m 이상 뒤처져 있기 때문에 이변이 없는 한태수가 동메달은 따놓았다.

하지만 조금 빨리 달려서 3m 앞의 베켈레를 추월하면 은메달이고, 거기에서 3m 더 가서 모 파라를 앞서면 반짝이는 금메달을 목에 걸게 되는 것이다.

앞으로 남은 300m.

탁탁탁탁탁—

"하악! 하악! 하악!"

1위 모 파라, 2위 베켈레, 3위 태수 3명이 1레인에서 일렬로 달리면서 내는 발걸음 소리와 거친 숨소리가 공허하다.

태수는 어젯밤에 연습한 것처럼 해서는 베켈레와 모 파라를 추월할 수 없다는 사실을 깨달았다.

태수가 보기에 모 파라와 베켈레는 1랩당 거의 54~55초의 속도로 뛰는 것 같았다.

베켈레가 세계기록 12분 37.35초를 세웠을 때 속도가 km당 2분 31초, 1랩당 60.04초의 속도였었다.

지금 3명은 4,700m를 거의 km당 2분 31초에 근접한 속도로 달려와서 평균 1랩당 60.04초 보다 5~6초나 더 빨리 달리고 있는 것이다.

이제 피니시까지 남은 거리는 불과 250m.

첫 번째 곡선주로의 끝부분을 선두로 달리고 있는 모 파라의 모습이 태수의 눈에 가득 들어왔다.

그런데 모 파라의 달리는 모습이 좀 특이했다.

발걸음을 내디딜 때마다 어깨에 힘이 불끈 들어가고 턱이 앞으로 움찔거렸다.

"……!"

그 순간 태수 머릿속에서 천둥번개가 쳤다.

그는 아직도 체력이 남아 있는데 속도가 나지 않아서 추월하지 못하고 있다.

탁탁탁탁탁—

태수는 달리면서 발끝이 바닥에 닿을 때마다 의식적으로 턱을 앞으로 쑥 내밀었다.

그렇게 하니까 상체에 힘이 들어가고 팔이 더 힘차게 흔들리는 것 같았다.

당연히 속도가 조금 높아져서 베켈레를 1.5m까지 바짝 따라붙었다.

'조금 더!'

태수는 발을 디딜 때마다 턱이 아니라 머리 전체를 앞으로 쑥쑥 내밀었다.

탁탁탁탁탁탁탁탁—

"학학학학학!"

그 모습은 마치 닭이 모이를 쪼는 것 같았으며 그럴 때마다 상체가 앞으로 확확 쏠리고 몸 전체의 힘이 전방으로 쏟아졌다.

그리고 팔을 힘차게 흔들면서 바닥을 디딘 발을 뒤로 확 잡아챘다.

그러면서 동시에 플랫주법 '발바닥이 바닥에 닿기 전에 뒤로 잡아챈다'를 시도했다.

탁탁탁탁탁탁―

"하악! 하악! 하악! 학학학……."

드디어 베켈레를 추월했다.

태수는 직선주로 중간지점에서 모 파라의 오른쪽으로 나란히 달렸다.

이 직선주로에서 태수가 모 파라를 추월하지 못하고 곡선주로에 들어선다면 124m 동안 3.5m를 더 달려야 하므로 불리하다.

탓탓탓탓탓―

"하앗! 하앗! 하앗! 하앗!"

모 파라가 오른쪽의 태수를 자꾸 힐끗거리면서 미친 듯이 턱을 앞으로 내밀며 속도를 더 높였다.

태수는 직선주로를 10m쯤 남겨놓은 지점에서 마침내 모 파라를 추월하여 탄력을 받아 앞으로 쭉쭉 달렸다.

1레인으로 들어선 태수는 뒤돌아보지 않고 124m 곡선주로를 힘차게 내달렸다.

"저기 봐! 오빠가 선두야! 아아악!"

"선배님—! 힘내세요!

민영과 신나라는 기절할 것처럼 비명을 질렀다.

심윤복 감독은 태수의 달리는 모습을 보면서 넋 나간 얼굴로 할 말을 잃었다.

그가 보기에 태수의 스트라이드는 거의 2m 20㎝에 달하는 것 같고, 한 걸음씩 트랙을 디딜 때마다 머리를 쑥쑥 내밀면서 힘차게 바닥을 움켜잡았다가 뒤로 낚아채고, 플랫주법을 이용한 피치는 또 얼마나 빠른지 대충 잡아도 주행회수가 1분당 족히 225회는 될 것 같았다.

그래서 심윤복 감독은 지금 5,000m가 아니라 100m 단거리를 달리고 있는 태수를 보고 있는 듯한 착각에 빠졌다.

태수는 이번 5,000m 파이널에서 단거리 스피드를 내는 방법을 완벽하게 터득했다.

타타타타타탓—

"학학학학학!"

전광판에는 그의 현재 속도가 ㎞당 1분 52.05초, 1랩당 45.17초, 시속 32.14㎞/h라고 나왔다.

우와아아아아—

7만여 관중이 천둥처럼 함성을 지르고 있지만 태수의 귀에는 아무 소리도 들리지 않았다.

그가 마지막 직선주로에 들어섰을 때 모 파라를 20m 뒤로 떨어뜨려 놓았다.

이제 피니시라인까지 남은 거리는 25m. 태수가 넘어지지 않는 한 모 파라는 절대로 그를 추월할 수 없을 것이다.

탁탁탁탁탁탁······.

"학학학학학······."

'일등이다······.'

관중들의 함성과 열광 속에 피니시라인으로 들어서는 태수의 땀범벅 얼굴에 안도의 표정이 떠올랐다.

속도를 늦추면서 천천히 달렸다.

와아아아아—

와르르르르—

그런데 갑자기 함성과 박수 소리가 더 커졌다.

태수가 그 자리에 멈춰서 관중석을 쳐다보니까 모두들 기립해서 목이 터져라 함성을 지르고 박수를 치고 있었다.

"후우우··· 후우우······."

태수는 숨을 몰아쉬면서 천천히 전광판을 향해 돌아섰다.

어떤 기대 같은 것을 품고 보는 것이 아니라 내 기록이 얼마인지, 내가 정말 1위로 골인한 게 맞는지 확인하려는 막연한 동작이다.

그런데 전광판에는 큰 글씨가 반짝이면서 명멸하고 있었다.

NEW WR 12:34:24

태수는 멍해졌다.

WR이란 World Recod를 말하는 것이다. 그렇다면 그 앞에 NEW가 붙었다는 것은 세계 신기록을 세웠다는 뜻이다.

'12분 34.24초……'

태수는 속으로 그 숫자를 중얼거리다가 움찔 몸이 굳었다.

"내가……."

모 파라와 베켈레가 12분 41.45초와 13분 5.35초로 2위, 3위로 골인할 때까지도 태수는 물끄러미 전광판을 응시하면서 돌부처처럼 굳어 있었다.

모 파라와 베켈레가 숨을 헐떡거리면서 환하게 웃으며 태수에게 다가왔다.

"A great game!"

"컨그레츄레이션! 윈드 마스터!"

모 파라와 베켈레가 포옹을 하면서 축하해 주었다.

"오빠—!"

"선배님—!"

난간까지 달려 내려온 민영과 신나라가 눈물 콧물 펑펑 울면서 태수를 불렀다.

태수는 민영이 던져준 대형 태극기를 망토처럼 어깨에 두르고 천천히 트랙을 돌기 시작했다.

수십 명의 취재진이 그를 따르면서 맹렬하게 카메라플래시를 터뜨렸다.

조금 전까지만 해도 정신없이 달렸던 트랙을 승자가 되어 천천히 달리면서 태수는 조금씩 정신을 차렸다.

태수의 이번 5,000m 경기의 12분 34.24초의 기록은 기존에 베켈레가 갖고 있던 12분 37.35초의 세계기록을 3.11초 경신한 것이다.

트랙을 한 바퀴 거의 돌아 전광판 아래를 지날 때 태수는 점점 가슴이 뜨거워져서 마침내 자신이 앞으로 무엇을 해야 할지 결정했다.

'중장거리로 세계를 제패하고 말겠다!'

『바람의 마스터』 4권에 계속…

멱운 장편 소설

FUSION FANTASTIC STORY

전공
삼국지

2세기 말 중국 대륙.
역사상 가장 치열했던 쟁패(爭覇)의
시기가 열린다!

중국 고대문학을 공부하던 전도형,
술 마시고 일어나니 도겸의 둘째 아들이 되었다?

조조는 아비의 원수를 갚으러 쳐들어오고
유비는 서주를 빼앗으려 기회만 노리는데…….

"역시 옛사람들은 순수하다니까.
　유비가 어설픈 연기로도 성공한 데는 다 이유가 있지, 암."

**때로는 군자처럼, 때로는 효웅처럼!
도형이 보여주는 난세를 살아가는 법!**

Book Publishing CHUNGEORAM

유행이 아닌 자유추구 -
WWW.chungeoram.com